U0635385

NO ISLAND IS AN ISLAND

Four Glances at English Literature in A World Perspective

孤岛不孤 | 世界视野中的英国文学四论

[意] 卡洛·金兹伯格（Carlo Ginzburg）著

文涛 译

华东师范大学出版社

华东师范大学出版社六点分社 **策划**

目　　录

致　　谢

这四篇论文于 1998 年 2 月和 3 月递交给纽约的意大利研究院。我愿意感谢理查德·布理昂特（Richard Brilliant）院长，使我可以在那里得到两个月愉快研究机会。

这本小书讨论的主题也曾是 1998 年 1 月剑桥大学克拉克演讲系列的题目，形式上略有不同。我感激三一学院的阿马蒂亚·森（Amartya Sen）和埃玛·罗斯查尔德（Emma Rothschild）的盛意邀请。

无论是在剑桥还是纽约，许多人都曾以不同的方式帮助过我。这里不可能对他们一一致谢。我仅应提到福兰克·墨罗蒂（Franco Moretti）教授，我曾与他多次长途漫步和挑灯夜谈，我们的对话持续了许多年。

我非常感激我的朋友约翰·戴斯奇（John Tedeschi）将序言翻译为英文，感谢塞姆·吉尔伯特（Sam Gilbert）认真地做了文体上的校订，以及莎拉·圣·翁奇（Sarah St. Onge）非常胜任的编辑工作，这很大程度地改善了我原来的文本。

序　言

　　这四篇文章被一个共同的主题贯穿在一起,即标题里所提到的大不列颠岛,它既指真实存在着的不列颠岛,同时也指想象中刻画出来的不列颠岛。这四篇文章提出这样一个视野:英国文学并非孤立于英伦三岛的。这本书的整体性并不仅仅是(或者甚至并不主要地是)体现在主题的连贯上,一条相似的建构原则指引了我的研究及其表达方式。虽然只有在回溯这些过程时才能确认这些原则的一些特征。

　　事情总是由发现引起,这次是与另外一项完全不同的研究擦边儿引起的一个发现。我偶然发现基罗加主教(Bishop Vasco de Quiroga)对莫尔(Thomas More)《乌托邦》的看法,以及对丹尼尔(Samuel Daniel)的《为韵文辩》的意见,这样的事情发生是出于机缘而非特意的好奇心的驱动。每次我都觉得意外的兴奋,觉得遇上了幸运的东西,甚或是重要的材料;同时敏锐地觉得自己的无知。时不时地也有问题的答案闪现在我面前:比如,意识到《项迪传》与培尔(Pierre Bayle)的《历史与批判辞典》之间形态的相似性。但那问题是什么呢? 只有通过研究我才能最终确切地阐述出来。我不知道这样从结尾处、从答案处开始,尔后反方向地进行研究是否为其他人从事知识性工作的通常方法。对我个人而言，因为主观客观上的理由，这样的倾向随着研究过程愈发明显。

让我先讲讲客观原因，这个与论说文这种体裁的各种局限相关。我过去十年实践的几乎都是这种文体。阿多诺（Adorno）在他的《作为形式的随笔》中写道："论说文在其过程中成为真实……它的观念从对自身不明朗的结尾处取其要义，而不是从其开端处。"①

阿多诺多处强调论说文作为一种文体特有的不可推断的因素。对论说文的读者来说，经过一般而言曲折复杂的论证过程，论说文的结尾处本质上即为不可知的。因此阅读好的论说文带来智力上的惊奇。对于论说文的写作者来说，终点常在开始写以前就已经知道了。假设开始研究前结论已知，意味着论说文的形式特征提供的可能性也进一步丰富了。我认为我是这么做的，即使并非有意为之。

然而这里的四篇果真是论说文吗？论说文，尤其是英语论说文的传统起自艾迪生（Addison）与兰姆（Lamb），文雅并且世界主义式的谈话，格调讲究而形式随意，主题常是无关痛痒的托词。熟悉这传统的都会否认这几篇论说文具有这样的特征，它们并非轻轻松松，而是带着知识类观察的厚重。可是有些人将论说文定义为一种从蒙田（Montaigne）到狄德罗（Didero）以至后来发展的文体，他们是不会为文章后面的注解所吓跑的。愉悦的对谈中溢着学识，而这样的对谈可被断定为论说文这类写作文体遥远的起源。② 这正像斯塔罗宾斯

---

① T. W. Adorno，《作为形式的随笔》（"The Essay as Form"）(1958)，*New German Critique*，no. 32 (spring-summer 1984)：151—171，尤其是第 161 页。

② Athenaeus，*Deipnosophists*（《餐桌上的诡辩家》）。参见 M. Bakhtin，《小说话语的史前史》（"From the Prehistory of Novelistic Discourse"），在《对话的想象》（*The Dialogic Imagination*），ed. M. Holquist (Austin, 1981)，第 42—83 页，尤其是 52—53 页。

基(Jean Starobinski)提醒我们的①，"论说文"这个词的词根（从中古拉丁语 *exagium* 而来，意为"平衡"）是将这文体与提交观点以求证实的需要联系起来。但是，这词的意思也总在"验证"与"尝试"之间摇摆。比如，蒙田那有名的篇章是如此说的："总之，我在这里涂抹的零零碎碎不外是我生活中各种试验的一份记录"（《随笔集》3：13）。②此处这个词的模棱两可很有说服力，虽然这样的例子也不少：想到意大利语中的 *prova*（意为"证据"、"检验"），即足够了。任何确认和查证都非最终性的：谈及论说文，阿多诺告诫说："自我相对化内在于其形式。"③

　　论说文行文拐弯抹角，天马行空，飞扬跳脱，这与验证所需的严密并不相容。但或许正是此种灵活性才得以保有某些格局，免受整齐划一的学科规范的束缚。在莫尔的《乌托邦》所属何种文体这个问题上，我与斯金纳（Quentin Skinner）不同的意见也许对阐明此点有所帮助（见第一章）。有人可以反对说那本《乌托邦》为一特例，因为它属于那类少有的开启了一种写作体裁的文本。但我自问那种明显的体裁形式上的技巧性争论——比如伊丽莎白时代英格兰吵得热闹的韵文合法性问题——怎么会被操作到忽视其欧洲大陆起源的地步，这起源始自蒙田。这类的例子比比皆是。在学术研究这类棋局中，庄严的文学文本为棋盘中的车，沿着直线型，横冲直撞；相反地，

---

① J. Starobinski，《谁能定义论说文？》（"Peut-on définir l'*essai*"）在《斯塔罗宾斯基：涂鸦集》中，（*Jean Starobinski*, Cashier pour un temps）（巴黎，1985），第 185—196 页。

② M. de Montaigne，《全集》（*Oeuvres complètes*），ed. A. Thibaudet and M. Rat (Paris，1962)，第 1056 页。参见《蒙田全集》（*The Complete Works of Montaigne*），ed. D. M. Frame (Stanford，1958)，第 826 页："In fine, all this fricassee that I am scribbling here is nothing but a record of the essays of my life."

③ T. W. Adorno，《作为形式的随笔》，第 164 页。

作为一类文体的论说文充作棋盘上的马,位置移动不可捉摸,从一门学科跳到另一门,从一项文本实体冲到另一项。①

　　而主观的偏好也一样进入这本书里的学术思考中。20年前,在一篇题为《线索》的文章中,我提出了一项"明显不能被证实的"假设,来解释叙事性的起源,这曾引起若干文学学者的兴趣,比如特伦斯·卡佛(Terence Cave),克里斯托夫·普任德葛斯特(Christopher Prendergast),安东尼·孔巴尼翁(Antoine Compagnon)。我当时推断,叙述的观念本身起源于狩猎社会中,在最细微的痕迹的基础上,传达一项不能直接经历的事实,类似于确认说"已经有人经过这里了"。这个分析模型取自于猎手们对猛兽的追猎(或者说,到了后来,取自于占卜术),我称之为"证据型话语"。我将之投射到极其遥远的历史视野中,实际上是千万年以前的历史中,为的是试图给我自己做研究的方法提供某项指导。② 我仔细思考那篇一直隐约维系着我研究原则的文章,因为那时构想的关于叙述性起源的假设也能用来清楚地说明历史性的叙述:这种叙述不同于其他形式,致力于寻求真相,也因此它的每一阶段的发展都为叙述形式中的问题及答案所调整成形。③

---

　　① V. Shklovsky, *La mossa del cavallo* (1923), trans. M. Olsoufieva (Bari, 1967); V. Foa, *II cavallo e la torre* (Turin, 1991).

　　② C. Ginzburg,《线索、神话与历史方法》(*Clues, Myths, and the Historical Method*)(Baltimore, 1989),第96—128页,102—103页。卡尔维诺(Italo Calvino)以很有乐趣的口吻评论说是"一项值得新石器时代的猎手尝试的姿态"(*La Repubblica*, January 21, 1980)。参看T. C. Cave,《辨认:一项诗学研究》(*Recognitions: A Study in Poetics*)(Oxford, 1988),第250—254页。C. Prendergast,《模拟的秩序》(*The Order of Mimesis*)(Cambridge, 1986),第220页,及下一页;A. Compagnon,《魔鬼与理论》(*Le demon de la théorie*)(Paris, 1998),第139—140页。

　　③ 我在《历史,修辞和证据》(*History, Rhetoric, and Proof*)对这一点有更深入的论述,那本书是梅纳罕·斯特恩(Menahem Stern)耶路撒冷演讲的结集(Hanover, N. H., 1999)。在《迷醉:揭开巫师咒语之谜》(*Ecstasies: Deciphering the Witches' Sabath*)(New York, 1990)一书的结语部分,我也在讲叙述及其内涵的主题。

反方向阅读现实,从其暧昧处着手,以避免为智性设计捕获而失去自由思考:对我而言,这于普鲁斯特(Proust)很亲近的观念,也表达了一项启发了以下书页的研究理念。①

我是以历史学家的身份开始学术生活的,借助于例如列奥·斯皮泽(Leo Spitzer)、埃里克·奥尔巴哈(Erich Auerbach)以及吉安弗朗科·孔蒂尼(Gianfranco Contini)这类学者发展的批评阐释工具,调查那些非文学的文本(尤其是那些宗教裁判所的审判卷宗)。② 早晚我都会来分析文学文本,这很可能是不可避免的。而这次新的研究经历也吸收了过去学到的功课。意大利北部讲弗留利语的磨坊主多梅尼科·斯堪德拉(Domenico Scandella),外号叫作梅诺乔(Menocchio),因为他观念的不同为异端裁判所判了死刑。③ 我从他那里学习到个人对于阅读的利用性阐释常常是不可预测的。我以相似视角来阐释基罗加主教,他读过希腊人卢西安(Lucian),也读过英国人莫尔;英国人乔治·帕特纳姆(George Puttenham)与丹尼尔读过欧洲大陆上的蒙田;英国人斯特恩(Sterne)读过欧洲大陆上的培尔;诸如此类。每一例中,我试图分析的并非历史源材料的重新利用,而是更宽广更短暂的文化实践和历史空间:阅读与写作的关系,过去与现在的关系,以及这关系对于现在的意义。

---

① C. Ginzburg,《让事情奇怪起来:一项文学手法的史前史》("Making Things Strange: The Prehistory of a Literary Device"), *Representations* 56 (1996):8—28,尤其是第 19 页以及下页。

② Ginzburg,《历史,修辞和证据》的前言部分。

③ C. Ginzburg,《奶酪与蛆虫:一个 16 世纪磨坊主的宇宙观》(*The Cheese and the Worms: The Cosmos of a Sixteenth-Century Miller*)(Baltimore,1980)。

第一章

从无有乡处看新旧大陆
The Old World and the New Seen from Nowhere

1

　　成功的炫目可能会遮盖其背后的真相。莫尔的《乌托邦》产生了
巨大的震荡,这激发它的阐释者们一次又一次地将其放回到当时的
历史坏境中去考察。很长时间里这场学术讨论严重两极分化,到了
非此即彼的地步:比如中世纪与文艺复兴对比起来,戏谑诙谐与严肃
的政治思考不容彼此。这些多多少少的也令人信服一些。可是对于
这篇常被认为非常难懂的文本,这些争论并未能将该文本的多个维
度考虑进去。

　　斯金纳的权威性文章可使我们开启一个不同的讨论重心。他的
讨论是从"这本书的中心主题"开始的。这主题"标题页上"开门见
山,上面写道:"关于最完美的国家制度和乌托邦新岛。也就是说,莫
尔的关切点,不仅仅是甚至主要地不是乌托邦这座新岛屿;而是在于
'最完美的国家制度。'"斯金纳澄清了这点,提出"一种阐释莫尔文本
复杂性的方法。如果《乌托邦》是文艺复兴政治理论常见文体的一个
例子,也许最好不要从莫尔的文本自身开始,而是尝试着去指明这类
文体一般情况下所具有的预设和惯例"。

　　斯金纳论述说,莫尔《乌托邦》中有几段讨论,要么是回应和模仿
古典人文研究者广泛阅读的文本,要么是间接地提及这些文本作为典
故。这些广为阅读的文本正与共和政体最佳形式的讨论有关,比如西
塞罗(Cicero)的《论义务》。根据斯金纳的观点,莫尔要表明的是:"如
果非德行不能有真正的高贵,那么简单地支持那些维护私有财产的通

常理由，便在逻辑上不连贯。"①同理，柏拉图（Plato）论述取消私有财产，这显示出人文传统中的不连贯，这传统是以西塞罗为基础的。

莫尔《乌托邦》对西塞罗与柏拉图的论述有模仿，有回应，这无可否认。可斯金纳的论述似乎并非令人信服。斯金纳强调对历史文本进行语境的分析方法。在理论层面上，这一点我很是赞同。而问题是：莫尔的《乌托邦》果真完全类属于文艺复兴时期讨论共和政体最佳形式的政治理论文体，像斯金纳指出的那样吗？斯金纳的语境分析策略从《乌托邦》的标题开始，然而他的引文却有漏缺，并不完全，这一点令人诧异。这本书的第 1 版 1516 年底出版于比利时的鲁汶，出版商是迪尔克·马顿斯（Dierk Martens）。第 1 版书名从头到尾是："*Libellus vere aureus nec minus salutaris quam festivus de opti-mo reipublicae statu, deque nova insula Utopia*［关于最完美的国家制度和乌托邦新岛的既有益又有趣的宝书］。"

第 2 版 1517 年出版于巴黎，原来的"*nec minus salutaris quam festivus*［既有益又有趣］"变成了"*non minus utile quam elegans*［实际有用也趣味高雅］"。第 3 版又恢复为原来的样子。*Festivus* 这个词——我暂时将其译为"有趣的，娱乐的"——与素朴严峻的政治哲学传统并不相融，而斯金纳认为《乌托邦》正是属于此传统的。我的观点是，莫尔的这本书不属于政治哲学这个传统。两个形容词性的修饰性用语"*nec minus salutaris quam festivus*［既有益又有趣］"以及

① Q. Skinner，《莫尔伯爵的〈乌托邦〉和文艺复兴人文主义的语言》（"Sir Thomas More's *Utopia* and the Language of Renaissance Humanism"），收入《早期现代欧洲政治理论的语言》（*The Languages of Political Theory in Early-Modern Europe*），ed. A. Pagden（Cambridge，1987），尤其是第 123、125 和 155 页。同时参见斯金纳令人信服的对耶鲁版本《乌托邦》的评论，收入 *Past and Present* 38（1967），第 153—168 页。

它们之间的关系像是指向一个不同的传统。①

　　我强调 *festivus* 这类词的重要性，看起来似乎是听了 C.S. 刘易斯(C.S. Lewis)那著名的告诫：即别拿莫尔这本书太当回事儿，而现代的读者正是倾向于过于严肃地对待这本书了。② 事实上，与刘易斯的观点完全相反，我认为，要完全理解莫尔《乌托邦》的整体意义，这本书严肃的、时而冷漠恐怖的那一方面绝对地关键。另外，如果说我的结论定会与 C.S. 刘易斯的不同的话，我采取的研究途径却近似于他很久以前所倡导的。和很多人一样，我也是从信件和文献入手。这些信件与文献或者是莫尔亲手所写，或者是出自他那些友朋、相识们，收入了《乌托邦》早期的版本中。③

3

2

　　《乌托邦》的第一版是经过人文学者伊拉斯谟(Erasmus)的仔细查阅的。通过阅读他的信件，我们几乎能逐日地看到他如何收集、大

---

　　①　写完这些之后，我才读到 S. Rossi 精彩的论文"Profilo dell'umanesimo enriciano: Erasmo e Thomas More,"in *Ricerche sull'Umanesimo e sul Rinascimento in Inghilterra* (Milan, 1969)，第 26－63 页，这篇论文对 *festivitas* 有非常精确的评论。同时参见 S. Dresden, "Erasme, Rabelais et la 'festivitas' humaniste," in *Colloquia Erasmiana Turonensia*, vol. 1 (Paris, 1972)，第 463－478 页(这是通过 Ofer Nur 引起我注意的)。

　　②　C.S. Lewis，《16 世纪戏剧之外的英国文学》(*English Literature in the Sixteenth Century Excluding Drama*)(Oxford, 1954)，第 165 页，以及以后几页，尤其是 167 页。

　　③　尤其可以参见 P. R. Allen，《〈乌托邦〉和欧洲人文主义：前言性质的书信与韵文的功用》(*Utopia* and European Humanism: The Function of the Prefatory Letters and Verses)，*Studies in the Renaissance* 10 (1963)：91－107 页。

概也会润色那些介绍性的信件,增加辅助性注解,以及向杰出的人文学者比如纪尧姆·布代(Guillaume Budé)推崇这本书。后者为这本书的第二版撰写了一篇长稿。① 关于伊拉斯谟如何深入地介入这项计划及其意义何在,我后面会讲到。目前,让我们从《乌托邦》的第一个版本开始,1516 年出版于比利时鲁汶的一个四开本,版本不大。②

　　扉页的背面是一幅粗糙的乌托邦地图,标题为"乌托邦岛图"。下一页上展示的是乌托邦字母表,一首用乌托邦语言写成的诗,还有它的拉丁文翻译。接着是另一首用乌托邦语言写的诗:"六行诗赋于乌托邦岛,阿尼摩利乌斯(Anemolius)作,为桂冠诗人,是希斯拉德(Hythlodaeus)的外甥,"希斯拉德是一位旅行者,是他描述了乌托邦岛上的各种律令和风俗习惯,这属于莫尔《乌托邦》第 2 卷的内容。那首小诗翻译成散文是这样的:"古人称我这个地方为乌托邦或无有乡,因为是与其他地方完全隔离的。而现今世上,这个地方实在可与柏拉图的共和国相媲美,也许甚至比它还要更胜一筹。原因如下:柏拉图只是用言词描述[*deliniavit*]了一个地方,而我却是实实在在地在居民、资源和律令方面来彰显[*praestiti*]之,并且展示得还非常精彩。以甜蜜乡或快乐地来称此间天堂,真的并非虚名。"

　　Deliniavit … praestiti:柏拉图的共和国为莫尔的乌托邦所胜出,图画式的描述不及真实物的展示。可是,难道说莫尔的乌托邦不也只是一种描述吗? 自然是,却是一幅让人如临其境的描述。这第 1 版中,接下来是一封信,是比利时安特卫普城的书记官彼得·贾尔斯

4

---

　　① 参见 P. S. Allen, *Opus Epistolarum Des. Erasmi Roterodami* (Oxford, 1910)第 2 卷,书信 461、467、474、477、481、484、487、491、499、502、508、513、524、530、534 和 537。

　　② J. H. Lupton 的《莫尔伯爵的乌托邦》中第 64 及以后各页中有具体的描述。

(Peter Giles)写给阿图瓦地区艾尔河教堂教士杰罗姆·布斯莱登 5
(Jerome Busleyden)的。这封信中强调了这一点:"莫尔文采飞扬,以如此的方式将乌托邦表现、描绘出来,呈现在我们眼前,每次读它,都觉得像是莫尔本人一样,亲身参加了这场对话,拉斐尔·希斯拉德(Raphael Hythlodaeus)亲口说的话在我耳中回荡,而所看到的更远是多于所听到的……我仔细凝视这幅莫尔以笔墨描绘[*Mori penicillo depicta*]的画面,不时地发现自己感染至深,如临乌托邦实境。"①

"呈现在我们面前,"*sic oculis subiectam*:按照古希腊的修辞传统,这是"艺格敷词"[原词为"*ekphrasis*"希腊文意为:"说出、告知或充分地描述。"——译按]要达到的目标。通过充满希腊人、罗马人、以及现代的我们分别称之为 *enargeia*(意为"光辉"[译按])、*evidentia in narratione*(意为"叙述中的明显"[译按])和形象性的描述,不在场的事物——通常是艺术品,不管是虚构的还是真实的——或者历史事件得以再现,给读者制造一种诡异的现实感。② 信的作者贾尔斯是古典人文主义者,谙熟希腊语、拉丁语,他称赞莫尔此书为"艺格

---

① "Superioribus hisce diebus ornatissime Buslidi, misit ad me Thomas ille Morus … Utopiam insulam, paucis adhuc mortalibus cognitam, sed dignam in primis quam ut plus quam Platonicam omneis velint cognoscere, praesertim ad homine facundissime sic expressam, sic depictam, sic oculis subiectam, ut quaties lego, aliquanto plus mihi videre videar, quam cum ipsum Raphaëlem Hythlodaeum (name i sermoni aeque interfui ac Morus ipse) sua verba sonantem audirem …. Attamen eadem haec quoties Mori penicillo depicta contemplor, sic afficior, ut mihi videar nonnunquam in ipsa versari Utopia"(《乌托邦》收入《托马斯·莫尔爵士全集》第 4 卷,下《全集》[*Utopia*, vol. 4 of *The Complete Works of St. Thomas More*])[henceforth CW], ed. E. Surtz, S. J. and J. H. Hexter [New Haven, 1965], pp. 20—21). See also Jerome de Busleyden, *His Life and Writings*, ed. H. de Vocht, Humanistica Lovaniensia 9 (Turnhout, Belgium, 1950)。

② C. Ginzburg,《证明与援引》(Montrer et citer),见 *Le Débat*, no. 56 (September-October 1989),页 43—54。

敷词"的典范。莫尔生动流畅的风格达到了一定的现实效果,这效果又因为据称直接取自乌托邦岛上的文献证据所加强。贾尔斯告知布斯莱登教士(以及书的读者)说,乌托邦上的那首小诗是拉斐尔·希斯拉德"在莫尔走了之后",亲手交与他的。

"至于莫尔并不确定,"贾尔斯接着写道,

> 那岛的地理位置,拉斐尔也提到了,然而只用了寥寥几句话,像是顺便提及,像是要将话题留作以后的场合。可问题是,不知怎地,一件不幸发生的小事使我们两个都没有听到他的话。拉斐尔正在讲这个话题时,莫尔的一个仆人冲他走过去,对他耳语一番。我更加专心地听讲,因为此时有一位同伴,也许是船上受寒了,大声地咳嗽起来,以至于我还是没弄明白拉斐尔说的一些话。无论如何,我绝不懈怠,一定在这个问题上充分了解信息,将来不仅能够告诉您这岛的位置,甚至还有它离极点确切的距离——只要我们的朋友希斯拉德还活着且平安无碍。①

6
7

---

① 《全集》4:22,拉丁文原文:"Tetrastichum uernacula Vtopiensium lingua scriptum, quod a Mori discessu forte mihi ostendit Hythlodaeus, apponendum curavi, praefixo eiusdem gentis alphabeto, tum adiectis ad margines aliquot annotatiunculis. Nam quod de insulae situ laborat Morus, ne id quidem omnino tacuit Raphael, quanquam paucis admodum ac velut obiter attigit, velut hoc alii servans loco. Atque id sane nescio quomodo casus quidam malus utrique nostrum invidit. Siquidem, cum ea loqueretur Raphael, adierat Morum e famulis quispiam, qui illi nescio quid diceret in aurem ; ac mihi quidem tanto attentius auscultanti comitum quispiam clarius, ob frigus opinor navigatione collectum, tussiens, dicentis voces aliquot intercepit. Verum non conquiescam, donec hanc quoque partem ad plenum cognovero, adeo ut non solum situm insulae, sed ipsam etiam poli sublationem sim tibi ad unguem redditurus, si modo incolumis est noster Hythlodaeus." 我在我给出的翻译中有轻微的变化。

这常被认为只是一段玩笑话，其实是值得更仔细的研究，像那些赋予莫尔《乌托邦》框架的信件、诗篇、地图和字母表一样。这些"附属性文本"——法国批评家热拉尔·热奈特如此命名这类的文本——与正文本之间具有什么关系呢?①

　　我特意使用了"赋予莫尔《乌托邦》框架"这样的表达方法。我会将那名大声咳嗽的在场证人与彼得·赫里斯特斯使用错视画法描绘的那只苍蝇做比较。后者趴在赫里斯特斯有名的画《一名天主教加尔都西会教士的肖像》的画框边儿上。

　　两例个案中都有一处琐碎的微不足道的细节，被以极真实的手法再现出来，且置于图像的正边缘上——一幅为"莫尔的笔墨"(*Mori penicillo depicta*)所描绘，另一幅为彼得·赫里斯特斯的画笔所画——它们为的都是戏弄观者。莫尔在佛兰德斯逗留的时候也许见过这样的画，他正是在那儿开始思考他的《乌托邦》的。大概也可以推测到，他也熟悉菲洛斯特拉托斯《画记》里的一段话。据艺术史家潘诺夫斯基令人信服的考证，有可能是那段话启发了彼得·赫里斯特斯:据菲洛斯特拉托斯讲，有一名"倾心于真实感"的画家，曾画过"一只蜜蜂附着在花丛中，"画得如此传神逼真，到底是"一只真蜜蜂被画所捕获还是画的那只蜜蜂蒙蔽了画外观者，"这都无从论断了。②

----

①　G，Genette，《阐释的开始》(*Seuils*)，Paris，1967。

②　Philostratus the Elder，《想象》(*Imagines*，trans. A. Fairbanks)，The Loeb Classical Library (Cambridge, Mass., 1960)，I, 22 [23]。参见《彼得·赫里斯特斯:文艺复兴时期意大利布鲁日地区的大师》(*Petrus Christus: Renaissance Master of Bruges*)(catalog of the exhibition)，ed. M. W. Ainsworth, with contributions by M. P. J. Martens (New York, 1994)，页 93—95；A. Chastel，*Musca depicta* (Milan, 1984)；E. Panofsky，《早起荷兰绘画》(*Early Netherlandish Painting*)(Princeton, 1955)，页 488—489 n. 5. 同时参见 J. B. Trapp，《托马斯·莫尔和视觉艺术》(Thomas More and the Visual Arts)，收录进《有关文艺复兴与古典传统 (转下页)

因此,莫尔和他的朋友们施行的这类诡计游戏隐含着一个双重策略。一方面,他们的文本里散落着生动的细节,来确保他们是反映现实的;另一方面,他们又以不同的方式暗示说整个叙述是虚构的。这种自我辩驳通过精心的策略来实现。这里有两个例子。

8　　这位莫尔,将他的《乌托邦》献给贾尔斯:

9　　　　据我的回忆,希斯拉德断言架在亚马乌罗提城阿尼德罗河上的桥共有五百步长。可是我的约翰说,应该减去两百,因为这条河不超过三百步宽。请你把这个问题回想一下。如你同意他的说法,我就采取一样的看法,自己认错。如你记不起,我就照自己似乎记得的写,如同我实际上已写的一样。正由于我要避免在这本书中有任何错误,因此,如有任何一点难以肯定,我宁可照假直说,不必有意造假。因为我但愿做老实人,不愿装聪明人。①

　　最后一句评语仿效罗马人奥卢斯·格利乌斯,却引来人文主义者伊拉斯谟一条充满讽刺的注解:"注意编造谎言与传播非真实之间神学意义上的差异。"②

————————————

(接上页注②)的论文》(*Essays on the Renaissance and the Classical Tradition*) (London,1990),页 27－54。我有关莫尔和彼得·赫里斯特斯的讨论深受 S. Sandström 的《非现实层次》(*Levels of Unreality*,Uppsala,1963)一书启发。

　　①　参见《全集》4:40,最后一句话的拉丁文原文是:"Nam ut maxime curabo, ne quid sit in libro falsi, ita si quid sit in ambiguo, potius mendacium dicam, quam mentiar, quod malim bonus esse quam prudens."

　　②　根据奥卢斯·格利乌斯(《阿提卡之夜》[Noctes Atticae, 11. 11. 1－4]), 普布利乌斯·尼基第右斯曾经说过:"在讲述非真实的事情和说谎之间是有区别的。说谎者自身并未受骗,而是企图去欺骗别人;讲述非真实的事情的人,自身也是受骗者。"(拉丁文)

错视画法往往伴随着一个眨眼示意。对莫尔与伊拉斯谟而言，从一个层面到另一个层面的转换明显成了真正乐趣的渊源。对他们的观众而言，又何尝不是这样——也有些例外。显然，欺骗的游戏引人发笑，更是因为并非每个人都上当受骗。那位"一位虔诚的职业神学家，渴望访问乌托邦"，以成为那里的主教，这人物大概是莫尔的虚构。可是，1518 年二月二十三日，古典人文主义者比亚图斯·雷纳努斯书信告知威利巴尔德·皮尔克海默，说有一位大胖子，认为莫尔只是抄写了希斯拉德的叙述，这件事情荒唐可笑，因为这位胖子是，或者至少被认为是，实有其人。① 莫尔在一封写给彼得·贾尔斯的信中，以他惯用的狡黠，揭开自己游戏的真正意图，并讲到知情人和局外人之间的差别。这封信作为一篇附录发表在《乌托邦》第二版上。

　　莫尔写道："有位话语非常尖刻的，讲到我们《乌托邦》的这个困境：如果所讲的事情为真实的，那么我看到其中一些很荒谬的因素；如果所讲的是完全虚构，我倒是发现莫尔修饰过的识见正是有些问题需要的。"莫尔回应说，当这位机敏之士"怀疑乌托邦是真实的还是虚构的，我倒真想要听他最后的论断"。但是，为什么这问题不能公开来，让人置疑挑战呢？关于这个问题的解释，在几行描述几种假定可能性的句子中能找到。那几句是用虚拟语态写成的，也就是说，这几句是暗指莫尔使自己免于去做的事情："如果我决意要写国家制度［*si de republica scribere decrevissem*］，而这样的一个故事［*fabula*］闪进我脑海，我也许并不犹豫，就以虚构的方法写。这样，那真理就如同涂抹上了一层蜜，会更甜一些，容易渗入人们的思想意识中。自然，我一定将虚构的故事调和一番。那样，即便算是妄用普通人的无知了，我也

――――――――――

　　①　参见《全集》4：252－253。

会放进去一些暗示和线索，使至少那有些学问的能看穿我们的意图。"

可是，等一下。"如果我决意要写国家制度"：莫尔难道不正是写了一本关于国家制度的书，名字就叫作"关于最完美的国家制度"的？莫尔又在开玩笑似地欺骗他的读者了。这一次他透过虚拟语气的句子来暗指某些非真实的事情，告诉读者这样明白简单的事实：不仅仅是他做了什么，而且还有他这样做的目的。[1] 他接着写道："因此，如果我所做的事情算不上其他的，而是给这些提到的君王、河流、城市和岛屿捏造这样那样的名字，以此来向那有些学识的暗示说那岛屿是无有之乡，那城市是幻影的存在，河流中也没有半滴水，君王也没有什么臣民。如果那样做，事情就不会这么棘手，也会更风趣诙谐。如果我不是考虑到要忠实于历史，而因此被束手缚脚，也不至于像现在这样愚不可及，喜好用乌托邦、阿尼德罗、亚马乌罗提、阿蒂姆这样粗野无意义的名字。"[2]

---

[1]　有关莫尔作品中猜测性推理的重要性，请参见 W. R. Davis 的文章《作为虚构作品的托马斯·莫尔的〈乌托邦〉》(Thomas More's *Utopia* as Fiction)，*Centennial Review* 24 (1980)：249—268；以及 S. Greenblatt，《与伟人同桌：莫尔的自我塑造与自我注销》(At the Table of the Great：More's Self-Fashioning and Self-Cancellation)，收录进《文艺复兴时期的自我塑造：从莫尔到莎士比亚》(*Renaissance Self-Fashioning: From More to Shakespeare*)(Chicago，1984)，页 11—73，尤其是页 32—33，这是篇到处都有洞见的文章，虽然观点脱离了具体的语境。

[2]　CW 4：249—251；原文是："Si res vt vera prodita est，video ibi quaedam subabsurda. Sin ficta tum in nonnullis exactum illud Mori iudicium require .... si vulgi abuti ignoratione vellem litteratioribus saltem aliqua prefixissem vestigia quibus institutum nostrum facile peruestigarent. Itaque si nihil aliud ac nomina saltem principis，fluminis vrbis insulae posuissem talia，quae peritiores admonere possent，insulam nusquam esse，vrbem euanidam，sine aqua fluuium，sine populo esse principem，quod neque factu fuisset difficile et multo fuisset lepidius quam quod ego feci，qui nisi me fides coegisset hystoriae non sum tam stupidus vt barbaris illis vti nominibus et nihil significantibus，Vtopiae，Anydri，Amauroti，Ademi voluissem."我改了其中几处的翻译。

大部分学者忽视了这些言辞,这样做毫不负责任。可能是因为莫尔给贾尔斯的第二封信一直就没有收录进《乌托邦》的版本中,这种情况直到近来才有所改善。[①] 17世纪的大学者格哈德·沃西邬斯甚至给法国哲学家塞缪尔·索尔比耶写信探讨过乌托邦中各处名字的意义,显然并没意识到他的猜度正是莫尔精心策划以求达到的效果。[②] 更重要的是,到目前,在关于据称为莫尔的神秘意图的争论中,前面提到的篇章似乎并没有被考虑进去。若我们用陈述语气替换虚拟语气,莫尔的意图就明白无比了:他的计划是写国家制度;一篇故事,或者是他想到的一个神话叙述(fabula);他决定以此方式来使他希望传达的真理更合观众的口味。虽然他想的是利用普通人的无知蒙昧,他也半开玩笑地给那些智识精英们留下些蛛丝马迹,为的是强调他叙述的虚构性质。只要具备基本的希腊文化知识,智识精英们就能明白那些乌托邦各处(也包括"乌托邦"这个词本身)名字的似非而是的实际内涵。从所有信息的来源"希斯拉德"[Hythlodaeus]这

11

---

① 参见《全集》4:248ff. E. Surtz, S. J.,《莫尔的"乌托邦辩解"》,引自《现代语言季刊》(Modern Language Quarterly,19[1958]):页319—324。他的这篇文章集中讨论了这封信,可是完全错误地理解了它的意思。J. M. Levine 在一篇文章中一笔带过地提到过一处比较贴切的评论,参见《托马斯·莫尔与英国文艺复兴:〈乌托邦〉里面的历史与虚构》,收录进《英国早期现代的历史想象:历史、修辞与虚构,1500—1800》(The Historical Imagination in Early Modern Britain: History, Rhetoric and Fiction, 1500—1800),ed. D. R. Kelley and D. H. Sacks(Cambridge,1997),页69—82,尤其见第83页。Lupton 在他的权威版本(牛津1895年版本)中说针对第二版增加的部分"是包括在1518年的版本中的,现在重新印刷如下"(《乌托邦》,页 lxviii),然而他没有注意到莫尔写给彼得·贾尔斯的第二封信在第三版中被忽视了,因此而没有将它收入他的版本之中(同时参见页 ix)。Lisa Jardine 建议莫尔的第二封信与彼得·贾尔斯收录进 Metsys 针对他写的肖像里面的是同一封(《伊拉斯谟:人文主义的文人》[Erasmus: Man of Letters][Princeton,1993],页40—41)。然而她的推理并不特别具有说服力,因为图表上的小四开本与1517年巴黎出版的八开本不可能是同一本。

② G. Vossius,《全集》(Opera)(Amsterdam,1699),4:340—341。

个人物开始,这个词在希腊语里意思是"荒唐事的专家"。^① 一个非常小的细节就能证实莫尔的游戏依赖于对希腊文化知识的使用。第 1 版中,他提到乌托邦元老院时,用了这样的词语:"在蒙悌里元老院 [*in senatu Mentirano*]",漫不经心地使用了拉丁语词 *mentiri*,意为"虚构捏造";后来的版本中,他用了"在亚马乌罗提元老院[*in senatu Amaurotico*]"。^② [Amaurotum 意为"不清楚的"、"晦暗的"指的是乌托邦中的城市。——译按]

有关莫尔明确过的写作意图,讨论到此为止。他书传达的意义自然是另外一个更加复杂的话题。^③ 问题是:为什么莫尔选择这样曲折晦暗的方式来声明他的写作意图? 莫尔和他的朋友们进行的欺骗游戏仅仅是一种文字表达策略,还是具有更严肃的意义?

第二个问题先前问过;而且我的答案开始部分听起来也耳熟。为了理解莫尔《乌托邦》的真实意思,我们必须将它重新放到另一项文学传统中,那传统起自于古希腊萨莫萨塔地方的哲学家卢西安。

3

伊拉斯谟献给莫尔的《愚人颂》,以及伊拉斯谟仔细审查出版的莫尔的《乌托邦》,二者都具有哲学家卢西安写作的特点,这已成公

12

---

① G. Vossius,《全集》(*Opera*)(Amsterdam,1699),4:340—341。

② A. Prèvost,《乌托邦》(*L'utopie*)(Paris,1978),页 cii—ciii。

③ 参见《意义与语境:昆汀·斯金纳和他的批评者们》(*Meaning and Context: Quentin Skinner and His Critics*),ed. J. Tully (London,1988)。

认,属老生常谈。① 可这也值得更进一步的推敲。我们以伊拉斯谟和莫尔 1505 年翻译的卢西安文集开始,或者更确切地说,从 1506 年巴黎发行的选集第 1 版的书名开始:《几篇机智诙谐的短篇文集,其中最具文采者,为那人卢西安》[*Luciani viri quam disertissimi complura opuscula longe festiuissima*]。莫尔生前,这本《机智诙谐的短篇文集》[*opuscula longe festiuissima*]出版过九次。② 第 1 版之后若干版本中,由某菲利普·杰安拓的继承人 1519 年出版的版本尤其相关:集子里除了卢西安的作品,还有莫尔的《乌托邦》,拉丁语版。正如卡洛·迪奥尼索蒂教授在一篇出色的论文中指出的,我们能确认马基雅维利认真地读过这个版本。③ 我会从一个不同的角度考察这个版本:从作为《乌托邦》正文文本的语境角度出发,取"语境"这个词

---

① T. S. Dorsch,《托马斯·莫尔爵士与卢西安:一种对〈乌托邦〉的阐释》(Sir Thomas More and Lucian: An Interpretation of *Utopia*),*Archiv für das Studium der neueren Sprachen und Literaturen* 203(1966—67):345—361,说得很对,也是采取了 C. S. Lewis 的建议,即"对研究《乌托邦》最有益的方法是通过研究莫尔对卢西安的偏爱"(页 347)。然而他的结论说莫尔邀请读者去拒绝乌托邦的法令,这是完全站不住脚的:参见 D. Duncan,《本·琼生与卢西安的传统》(*Ben Johnson and the Lucianic Tradition*),Cambridge 1979,页 52—76,尤其是页 69。关于同一个话题,页参见 J. K. McConica,《亨利八世和爱德华六世统治时期的英国人文主义者以及改革政治》(*English Humanists and Reformation Politics under Henry VIII and Edward VI*),Oxford 1965,页 15;C. Robinson,《卢西安及其在欧洲的影响》(*Lucian and His Influence in Europe*),伦敦 1979,尤其是页 131—133。

② 参见托马斯·莫尔著,《卢西安的翻译》(*Translations of Lucian*),在《全集》第 3 卷,ed. C. R. Thompson(New Haven, 1974),第 1 部分,页 xxiv。参见 R. W. Gibson,*St. Thomas More: A Preliminary Bibliography of His Works and of Moreana to the Year* 1750(New Haven, 1961)。可惜这本书也并没有完地收录书目,比如 1506 年出版的卢西安的翻译被列为"卢西安,文学小品。"

③ C. Dionisotti, *Machiavellerie*(Turin, 1980),页 210ff。Francesco Vettori 对莫尔《乌托邦》表示轻视的评论也许保留了作者与马基雅维利谈话时候的语气。见 Francesco Vettori, "Sommario della istoria d'Italia," in *Scritti storici e politici*, ed. E. Niccolini(Bari 1972),p.145。

最直接的字面意思。

公元 1530 年以降，"卢西安"对于欧洲的许多人而言（包括约翰·加尔文）成了异教徒和无神论者的代名词。[①] 那么，二三十年以前，卢西安对伊拉斯谟和莫尔意味着什么呢？ 这两个朋友对卢西安作品的翻译大部分附有引言，就这些引言为这问题提供了一种答案。（顺便提一下，这些引言的写作对象包括约翰尼斯·帕卢达努斯和杰罗姆·布斯莱登，这两个人后来参与到莫尔《乌托邦》的出版项目中。）伊拉斯谟在卢西安那篇"亚历山大，假先知[*Alexander, seu pseudomantis*]"前面的引言中写道，在揭穿那些通过魔术和迷信欺骗一般民众的谎言方面，卢西安的作品是最有用的，无人能及（*nemo sit utilior*）。这里的迷信指的自然是宗教迷信。伊拉斯谟接着写道，卢西安除了有用，也很有趣，因此极适合沙特尔大教堂主教热内·德里俄的品性。这篇译作正是题献于后者："阁下接受严格、庄重的学术教育，而以阁下的才智和友好的品行[*propter summam ingenii festivitatem, miramque morum iucunditatem*]，也不规避这类高雅的文章，阁下也常常尽公尽责，承认宣扬这类诙谐、有用的实际文章。"[②]

13　　*Utilis, festivus, elegans*[分别意为："实际有用""生动有趣""格调高雅"——译按]：伊拉斯谟在有些草率写成的这篇文本中用到的这几个形容词再次出现在《乌托邦》早期版本的书名中。这一簇词汇表达的是伊拉斯谟和莫尔都赞同的一套价值观。贺拉斯曾有训言，

---

① L. Febvre，《16 世纪不信仰的问题：宗教与拉伯雷》（*Le problème de l'incroyance au XVIe siècle: La religion de Rabelais*）（Paris，1942，1968），书中各处。

② 《伊拉斯谟通讯集》（*The Correspondence of Erasmus*），trans. R. A. B. Mynors and D. F. S. Thomson（Toronto，1975），2：122. See Allen，第 199 封信件，1：430—431。

将实际有用与轻松甜蜜（*utile dulci*）相结合，实际有用与愉快玩乐（*festivitas*）联姻。① 伊拉斯谟和莫尔都认为卢西安是这类作家里的模范。因此，趣味也可能成为一张面具，其下面隐藏着的是更高一级的真理，如西塞罗说苏格拉底如何运用反讽的修辞一样："苏格拉底有魅力，富情趣，是和蔼可亲的交谈者；每场对话中，他都是希腊人称之为 εἴρων 的，伪称需要信息，声言对他同伴的智慧学问倾慕不已"（*dulcem et facetum festiviique sermonis atque in omni oratione simulatorem, quem εἴρων Graeci nominarunt, Socratem accepimus*）（《论义务》，I，30，108）。② 伊拉斯谟深为苏格拉底的风格感染，发现在莫尔身上也有同样的反讽品德："那位最亲爱的朋友，我与他都极爱将严肃的事情与可乐的笑料掺和在一起"（*quicum libenter soleo seria ludicraque miscere*）。伊拉斯谟发现卢西安身上也有这品性，后者"同样地将严肃的事情与可乐的笑料、笑料与严肃的事情掺和杂拌"（*sic seria nugis, nugas seriis miscet*）。③

在莫尔写给彼得·贾尔斯的第二封信里，他模棱两可地宣称，

---

① Allen，第 193 封信件（见 *Gallus* 的前言，是写给 Christopher Urswick 的），1：424—26；莫尔写给 Thomas Ruthall 的信，见《全集》第 3 卷《卢西安的翻译》，第一、第二部分，ff. *Festivitas* 成为经典卢西安定义的一部分：海德堡教授 Jakob Moltzer 在用拉丁语介绍卢西安的全集时——一个包括伊拉斯谟和莫尔翻译的集子，写道："他在这方面是个不吉利的作者，而同时他又是那么优雅、那么有生气"（《小亚细亚的卢西安》[*Luciani Samosatensis opea, quae quidem extant, e Graeco sermone in Latinum, partim iam olim diversis authoribus, partim nunc per Jacobum Micyllum translata*][里昂，1549]，前言）。Moltzer 的笔名"Micyllus"是指卢西安对话集 *Gallus* 的一个角色。

② D. Knox，《反讽：中世纪和文艺复兴时期的观念》（*Ironia: Medieval and Renaissance Ideas on Irony*）（Leiden，1989），页 98 ff.

③ Allen，第 191 封信件（致 Richard Whitford，在伊拉斯谟对卢西安《暴君诛戮者》演说的前言中 [preface to Erasmus's Declamation in reply to Lucian's *Tyrannicida*]）1：422—423；第 193 封信件，1：425—426。

"我也许并不犹豫,就以虚构的方法写。这样,那真理就如同涂抹上了一层蜜,会更甜一些,容易渗入人们的思想意识中。"莫尔《乌托邦》中那暗含的快乐有趣、嬉笑逗乐的卢西安风格,那本"既有益又有趣的宝书"[原文为拉丁语,"*Libellus vere aureus nec minus salutaris quam festivus*,"《乌托邦》第 1 版标题的一部分,——译按]由此清楚起来。但是,*festivus* 也有另外一层意思,不是指这书的形式方面,而是指其内容,我们会说,不仅仅是那涂抹上的甜蜜,也是那下面的真理。这另一层的意思也指向卢西安。

4

Festivus 的首要之意自然与 *festum* 相关,后者意为欢庆、节日。伊拉斯谟有篇"托克撒里斯:关于友谊的对话"的引言,于 1506 年 1 月 1 日写于伦敦,是上面提到的卢西安作品集子中的第一篇对话体,是写给牛津大学圣体学院的创建者理查德·佛克斯的。

14   这篇引言是这样写的:"主教阁下,有一项风俗从遥远的古代流传到今天,即每新年 1 月第 1 日人们互相赠送小礼物。据说,此时送的礼物会给接受者带来好运气,也会给那被回赠的带来运气。"伊拉斯谟接着写道,他查看了一下自己的财物,然而"除了那可怜的纸张外,我一无所有。因此,我只能将拙作送与您,作为新年的小礼物",也就是那篇卢西安对话录的翻译。①

伊拉斯谟书信集的编者艾伦提及这个文本,说 1516 年 12 月底

---

①　《伊拉斯谟通讯集》2:101. 参见 Allen,第 187 封信件,1:416—417。

初版的莫尔的《乌托邦》也可以从"它作为一件礼物的角度"^①来看。对我而言,莫尔也许是从 1514 年 6 月巴黎发行的卢西安文集新版本受到启发。新版本中包括"神农节""克罗诺索伦,即神农节立法者"以及"神农节通信集"〔原文为拉丁语标题"*Saturnalia, Cronosolon, id est Saturnalium legum lator, Epistolae Saturnales*,"——译按〕这三篇主题相关的另加的作品。伊拉斯谟在他给坎特伯雷大主教威廉·瓦哈姆致献词的再校稿中将卢西安的"神农节"比为"一件文学礼物"一件新年文学小礼物,"如果我意见正确(*Libellum nisi fallor nec infestivum*),这算一本机智有余的书,也还未将它题献给别的人;如果阁下愿意,它会博阁下一乐,算作一时的娱玩"。^② 这些相关的作品中,卢西安的反讽风格集中在社会不平等的主题上:

"你怎么看起来如此颓丧,克罗诺索伦?"宙斯的父亲克罗诺斯问他的祭司。

"主神,我哪有理由情绪不低落呢?"克罗诺索伦回答说,"我亲见可恶下流的无赖流氓暴富,过着舒坦的日子,而如我等有学问教养之人却穷困潦倒,别无他物。"

对卢西安而言与这可悲的不平等情形相对的,一是历史上的黄金时代,克罗诺斯的那个神话国度,一是相对应的神话仪式,即那七 15

---

① Allen,第 461 封信件,2:339。

② 《伊拉斯谟通讯集》,2:291.参见 Allen,第 293 封信件,2:561—562.卢西安《对话集》(*Dialogi*)的翻译由 Josse Bade 1514 年 6 月 1 日出版;参见 Ph. Renouard 的《16 世纪巴黎的印刷商和图书馆》(*Imprimeurs et libraires parisiens du XVIe siècle*)♯251。关于 1512 年 4 月 29 日伊拉斯谟给威廉·瓦哈姆的致辞,参见 Allen 第 261 封信件,1:512—513。根据 Allen 的信件,1:561:"序言写作与出版之间的一段长时间间歇使得再写一封信成为必然,"然而也可能他只是改变了一下前一封信的日期。也许《农神节》(*Saturnalia*)的翻译是整个集子里面最后一封。

天之久的古罗马神农节。节日期间,社会等级秩序暂时被搁置颠覆,主人们放下身段,来伺候他们的奴隶。(因为古罗马人将克罗诺斯认作古意大利之神萨特恩[英文为 *Saturn*,——译按],这节日在罗马也因此称为萨特恩之节[英文为 *Saturnalia*,——译按],也就是伊拉斯谟为他译的卢西安三篇作品选的标题)。卢西安强调克罗诺斯节日中的平等主义气氛,也强调其象征和短瞬即逝的性质。"当我统治之时,"克罗诺斯讲道,"掷骰赌博、拍手鼓掌、欢乐唱歌、不醉不休,也并无其他项活动,因此也就短短七天。所以,至于你提到的更重要的社会问题——消除不平等,贫富之间无差异和歧视——宙斯会愿意解决的。"①

莫尔的《乌托邦》正是处理这些严肃的事情的:"消除不平等,贫富之间无差异和歧视。"莫尔的这本小书[原文为拉丁语 *Libellus*,——译按]也确实是有关节庆日的[原文为拉丁语 *festivus*,——译按],也是因为这书构思的时候大概也是作为一项小礼物,一件与古典时代具颠覆意义(即使很大程度上是象征意义上的)的节假日有关的礼品。纪尧姆·布代那样博学聪明的读者,没有错失莫尔《乌托邦》中萨特恩节日的癫狂特征。布代赞同莫尔有关消除贪婪就能建立一个更好社会的观点。他写道:"一点儿都不用怀疑,贪婪的罪行将许多本可以做出一番杰出高贵事业的头脑引入歧端,以致道德堕落。若一劳永逸地使其从此消失,则萨特恩式的黄金时代就会得以恢复(*et aureum saeculum Saturniumque rediret*)。"

---

① 卢西安,《全集》(*Works*),第 6 卷,trans. K. Kilburn, Loeb Classical Library (Cambridge, Mass., 1990),页 123—125。同时参见 M. I. Finley,《古今乌托邦主义》(Utopianism Ancient and Modern),收录入 *The Critical Spirit: Essays in Honor of Herbert Marcuse*,ed. K. H. Wolff and B. Moore, Jr. (Boston, 1968),页 3—20,尤其是页 9—10。

有人会反对说布代只是模仿回应了维吉尔的名句"归来萨特恩的统权"（*redeunt Saturnia regna*）（《牧歌集》IV，6）。可是布代也观察到莫尔整本书是从卢西安那里得到的灵感。他写道："乌托邦处于可知世界的局限之外。毋庸置疑，它是一处极快乐的岛，也许是在神话中极乐世界的附近，这也未可知，因为莫尔本人证实说希斯拉德还并未陈述其具体位置。"①

关于神话中极乐世界的描述是卢西安《真实的历史》第 2 部分的核心内容，《真实的历史》讲的是去往众多诡异世界的一次行程。在那片乐土上居住的名人中，卢西安列出很多名哲学家，比如苏格拉底与伊壁鸠鲁的追随者。而后他满是讽刺地写道："唯独柏拉图不在那里；据传他生活在自己想象出来的城里，生活在他亲手制定的法律和规章制定下……那里所有的妻子为共同享有……从这方面看，（极乐岛上的居民）比柏拉图更柏拉图，这些居民们送男婴给那些想要的人家，这也并不招来任何反对。"②

莫尔的《乌托邦》明显受惠于柏拉图的《理想国》，但也"比柏拉图更柏拉图"，正如彼得·贾尔斯所评论的。同时，他的柏拉图也是经过卢西安整理过滤过的。这只是莫尔这本充满了悖论的书的其中一个悖论。在前面提到的写给贾尔斯的第二封信中，莫尔说他用了那些"粗野无意义的"乌托邦各处名字（这些名字的意义其实他已经显露给读者），是因为他觉得有"忠实于历史"的义务（*fides ... historiae*）。从这个建立在谎言上的具有讽刺意味的声称中，那些学识精英们可以再次观察到莫尔对卢西安作品的引言典故。这次是从《真实

16

---

① 《全集》4：11—13。我引用上述引文的时候对翻译做了轻微的改动。

② 卢西安，《全集》（*Works*）第 1 卷，trans. A. M. Harmon，Loeb Classical Library（Cambridge，Mass.，1991），页 321—323。

的历史》(*True Histories*)中来的。卢西安开始就讲到,他是一个谎言家,只是他的谎言比那些诗人、史家和哲学家们写下来的神迹寓言诚实得多,"因为我虽然不讲别的实话,至少一直在诚实地讲我是个谎言家"。跟他的乌托邦居民们一样,莫尔显然"为卢西安的机智和幽默所强烈吸引",①而也毫无疑问地着迷于卢西安将诡异与严肃的事情并置的能力。伊拉斯谟用了丰富的词汇来赞扬这种能力:"他[指卢西安,——译按]将乐趣与肃穆、欢快与准确观察杂糅一起,生动感人地刻画人们的举手投足、情绪变化和理想追求,像是通过一只生动的画笔,邀请我们去读,就如我们亲眼看到一般。"②

5

有各种各样的论证说,莫尔《乌托邦》的全部,或者第 2 卷,或者至少第 2 卷中最具震撼力的那几节,比如为安乐死的辩护,应读作运用"雄辩的伪造"(*declamatio*)这个修辞手段的例子。这是一类以虚构想象的论据为基础的修辞类别。③ 作为对这种假设的一项支持,我

17

---

① 全集(*CW*)4:183。

② 《伊拉斯谟通讯集》2:116.参见 Allen,第 193 封信件,1:425—426;原文是"Sic seria nugis, nugas seriis miscet; sic ridens vera dicit, vera dicendo ridet; sic hominum mores, affectus, studia penicillo depingit, neque legenda, sed plane spectanda oculis exponit"。

③ 参见 C. R. Thompson,对莫尔《卢西安的翻译》的介绍,《全集》(*CW*)第 3 卷,第 1 部分,页 xxxv—xxxvi;同时参见 S. F. Bonner 的《晚期共和与早期帝国的罗马演说》(Roman Declamation in the Late Republic and Early Empire)(Liverpool,1949)。Ulrich von Hutten 在用据称康斯坦丁大帝的捐献出版 Lorenzo Valla 的册子时,曾将它标为一篇演说,但是可参考 W. Setz, *Lorenzo Valla's Schrift gegen die Konstantinische Schenkung* (Tübingen,1975),页 46—47。

们可能会想到莫尔的《乌托邦》两次发表于 17 世纪卡斯帕·多纳维邬斯编选的文集里，是与伊拉斯谟的《愚人颂》一起发表的。这文选的名字是：《苏格拉底式的竞技场，关于严肃与滑稽的智慧》［原文为：*Amphi-theatrum sapientiae socraticae joco-seriae; hoc est, encomia et commentaria autorum, qua veterum, qua recentiorum prope omnium, quibus res, aut pro vilibus vulgo aut dam-nosis habitae, styli patrocinio vindicantur, exornantur, opus ad mysteria naturae discenda, ad omnem amoenitatem, sapientiam, virtutem, publice privatimque utilissimam*。——译按］。这集子的大部分是不同的作者(包括卢西安)以玩笑打趣的口气写的作品，颂扬狂热、苍蝇、空虚、是非八卦，诸如此类。① 莫尔《乌托邦》的文学框架或者说语境又一次地是由卢西安以及卢西安所创造的这个传统所提供。但多纳维邬斯所编选的这本《苏格拉底式的竞技场》，将莫尔的书放到一大堆无关痛痒的作品中，目的是钝化莫尔这本书的锋芒。这种遮遮掩掩不光明正大的策略就使得全面研究莫尔《乌托邦》欧洲接受史尤其必要，特别是去调查那些并不直接的、藏在表面之下的文献证据。这里有现成的一个例子，虽然还是猜测性的：1524 年年末，里欧纳德·瑞曼

---

① C. Dornavius，《苏格拉底式的竞技场，关于严肃与滑稽的智慧》(*Amphi-theatrum sapientiae ioco-seriae ...*)(Hanoviae，1619; reprinted，Frankfurt am Main，1670)。关于多纳维邬斯编选的这部文集以及虚伪颂词为"一种本质上讽刺性的体裁，"参见 Knox 在《反讽：中世纪和文艺复兴时期的观念》中一笔带过的评论，页 93。同时参见 A. Hauffen，"Zur Literatur der ironischen Enkomien，"*Vierteljahrschrift für Litteraturgeschichte* 6 (1893)：161 — 185；A. S. Pease，《没有荣誉的事情》(Things Without Honor)，收录入 *Classical Philology* 21 (1926)：27 — 42；参见 Sister G. Thompson，《伊拉斯谟和悖论的传统》(Erasmus and the Tradition of Paradox)，收录入 *Studies in Philology* 61(1964)：41—63；参见 R. L. Colie《流行的悖论：文艺复兴时期悖论的传统》(*Paradoxia Epidemica: The Renaissance Tradition of Paradox*)(Princeton，1966)。

发表了一本关于占星术的《实习手册》(*Practica*)。当时双鱼星座的星象显示所有的行星会有大碰撞,这即将发生的危险引发了许多关于星象的预报,瑞曼这本属于其中之一。书卷首页插图上显示萨特恩这位异教的神,被一群农民跟着。农民们挥舞着他们的农具武器;另外一边,是神色仓皇的教皇与皇帝。

著名艺术史家阿比·瓦尔堡在一篇有名的文章中是这样来评论这里出现的萨特恩的:"这位远古的神是关于播种期的,成为他那些具有叛逆精神的孩子们自然的象征。"①可如果这象征是如此显而易见,为什么之前并没有被普遍地使用? 这黄金时代即将的光复是被作为社会平等的象征来描述的。我想知道这样的激进描述是否与同一年里,即 1524 年,托马斯·莫尔《乌托邦》第 2 卷德文译本的出现有关系(第一卷石沉大海,跟此书意大利译本的情况一样)。记得纪尧姆·布代的信中强调了对贪欲的抑制,说这样就可以恢复萨特恩的黄金时代。我的猜测是,瑞曼这本书卷首页上的插图是对莫尔《乌托邦》的一个回应。不管这假设正确与否,一个更大的问题留待解

18
19

---

① 参见 A. Warburg,《路德时期文字与图像中古老异端的预言》(Pagan-Antique Prophecy in Words and Images in the Age of Luther),收录入 *The Renewal of Pagan Antiquity* (Los Angeles,1999),页 617.同时参见 R. Klibansky, E. Panofsky, and F. Saxl,《萨特恩与忧郁》(*Saturn and Melancholy*)(London,1964),第 134 页,注解 19;参见 L. Bertelli, "L'utopia greca,"收录入 *Storia delle idee politiche economiche e sociali*, ed. L. Firpo (Turin, 1982),页 463—581,尤其是页 521—522。关于 1524 年的德国预言,参见 P. Zambelli, "Fine del mondo o inizio della propaganda?" 收录入 *Scienze, credenze occulte, livelli di cultura* (Florence, 1982),页 291—368;参见《幻觉天文学》:路德时期的星球以及世界末日》(*"Astrologi hallucinati:" Stars and the End of the World in Luther's Time*), ed. P. Zambelli (Berlin, 1986)。有关卢西安作品在这些预言中一项的作用,参见A.-M. Lecoq, "D'après Pigghe, Nifo et Lucien: Le rhètoriqueur Jean Thènaud et le deluge à la cour de France,"收录入《幻觉天文学》:路德时期的星球以及世界末日》,页 215—237。

答:莫尔的《乌托邦》在德国是如何被阅读的,尤其是在德国农民战争的前夜?

我们所知道的是大约同一时间另一为比较特别的读者在新大陆是如何阅读《乌托邦》的。瓦斯科·德·基罗加法官将莫尔的书作为他倡导的社会改革的蓝图,后来成为墨西哥米却肯州的主教。他的改革措施包括集体拥有财产,这套措施在两家医院以及圣菲城附近的集体居住地得以施行。我们还有一本瓦斯科使用过的莫尔的《乌托邦》:墨西哥的主教胡安·迪·祖玛拉嘉为圣芳济修会的修士,是那本书先前的主人,曾深受伊拉斯谟的影响。[①]

基罗加在一篇论证蓄印第安人为奴如何非法的法律文章中——*Información en derecho ... sobre algunas provisiones del Real Consejo de Indias*(1535)——写道,莫尔,"一名声名显赫的绅士,具有超人的才智"(*varón ilustre y de ingenio más que humano*),曾证明过,新大陆绝大部分的朴实居民正像是那黄金时代的人。基罗加介绍说。"这位作者,托马斯·莫尔,通晓希腊文化。"他是权威的专家,曾将卢西安描述黄金时代及其朴实民众法律、政策和社会风俗的一些文章从希腊文翻译成拉丁文。这一点,能从莫尔在他书中对这些发表的看法以及卢西安在他的'神农节'(*Saturnalia*)一文表达的看

---

① 参见 S. Zavala,*Ideario de Vasco de Quiroga*(Mexico City,1941);S. Zavala,《托马斯·莫尔爵士在新西班牙》(*Sir Thomas More in New Spain*)(London,1955);F. B. Warren,"Don Vasco de Quiroga utopian,"Festschrift for E. F. Rogers,*Moreana* 15—16(1967):385—394;尤其是 R. Dealy,《一名伊拉斯谟风格律师的政治:瓦斯科·德·基罗加》(*The Politics of an Erasmian Lawyer: Vasco de Quiroga*)(Malibu,1976)。

法中看出来。"①往前翻几页，基罗加从卢西安的"神农节"一文中引了一长段话，来证明与"新大陆的黄金时代"②如此相近的古希腊黄金时代中没有奴隶制和私有财产。

瓦斯科·德·基罗加将莫尔的《乌托邦》和卢西安的"神农节"作为互相有衔接的文本来读。我是不是在用基罗加的阐释作为证据来支持我自己对于莫尔的解读？是，也不是。我与基罗加阐释方法的相似倒是的确证明了我的解读，虽然未必是正确的，却定然没有犯下时代错误。当然，基罗加对于莫尔和卢西安肤浅的、直截了当的解读，较这两个作者（尤其是莫尔）于虚构与现实之间微妙的讽刺性转换手法有十万八千里远。基罗加是不是误读了莫尔与卢西安的文本的复杂性，或者他只是用他们来充当自己法律斗争的武器？我这里并不关心这个问题。但是法律的维度对于讨论莫尔的《乌托邦》来说并非无关。古典时代的法律用语 *monopolium*［拉丁语，意为"独占""垄断""专利品""专卖品"——译按］引发莫尔以类比的方式来解释他那个时代新出现的社会现实，*oligopolium*［拉丁语，意为"寡头市场

---

① C. Herrejón Peredo 编, *Información en derecho del licenciado Quiroga sobre algunas provisiones del Real Consejo de Indias*（墨西哥城，1985），页 200："Este autor Tomás Moro fue gran griego y gran experto y de mucha autoritad, y tradujo algunas cosas de Luciano de griego en latín, donde, como dicho tengo, se ponen las leyes y ordenanzas y costumbres de aquella edad dorada y gentes simplecísimas y de oro della, según que parece y se colige por lo que en su república dice de éstos, y Luciano de aquéllos en sus *Saturniales*, y debiérale parecer a este varón prudentísimo, y con mucha cautela y razón, que para tal gente, tal arte y estado de república convenía y era menester, y que en sola ella y no en otra se podia conserver por las razones todas que dichas son." 参见 M. Bataillon《伊拉斯谟和新人类》一文，选自《伊拉斯谟和西班牙》一书，新译本，三卷本，文本是由 D. Devoto 写成的，Ch. Amiel 编辑（日内瓦，1991），3:469—504，尤其是页 488—489。

② 参见 Peredo, *Información*，页 188 ff.，尤其是页 197。

垄断""寡头卖主垄断,"——译按]。虽然这个词的英语版本在《牛津英语词典》一直没有得到承认,一直到最近的一版,这大概是因为这个词曾被认为是经济学家艰涩的专门用语。① 为卢西安一些虚构的观点启发的一个神话,或者说一个神话叙述[原文为拉丁语"*fabula*"——译按](莫尔就是如此称他的《乌托邦》的),这篇文本对于现实具有了一些观念上的影响力,正如法律上的杜撰[原文为 *fictiones*,——译按]常有这样的影响理。一般意义上讲,能看到这一点,就很有启发意义了。②

6

莫尔《乌托邦》是一本"两个截然不同观点并置一起的书"R. J. 萧珂曾经如此写道。③ 批评家斯提芬·格林布拉特在一篇广为流传的文章中,曾在莫尔的《乌托邦》与汉斯·赫尔拜因的画《大使们》之间,提出一项绝妙的比较,断言说,"前者中视角微妙的替代、变形和转换,在文艺复兴韵文中,是最接近"后者的"娴熟的变幻。""作为其中人物角色的莫尔与希斯拉德坐在一间花园里,彼此对谈,正像赫尔拜因的画中一样,朝不同的方向投下不同的身影,在实质性问题方

---

① 参见 J. A. Schumpeter,《经济分析史》(*History of Economic Analysis*)(New York, 1954),页 305。

② 参见 C. Ginzburg, *Occhiacci di legno: Nove riflessioni sulla distanza* (Milan, 1998),页 40—81。

③ 参见 R. J. Schoeck, "A Nursery …," 收录入《托马斯·莫尔研究必读》(*Essential Articles for the Study of Thomas More*), ed. R. Sylvester and G. P. Marc'hadour (Hamden, Conn., 1977),页 281 ff., 尤其是页 285。

面,也就必然是各说各话,彼此并不理解",格林布拉特评论说,因此,给人一种"不相容视角存在的……感觉,读者在其中要不停地转换方位"。20 世纪的读者对这种不从一个固定视角的阅读,肯定是颇有共鸣,可这能解释《乌托邦》强大的影响力吗? 这似乎正是格林布拉特在那篇文章最后的评论中想要回答的问题:"如果说,对这本小书的批评,四百多年以来,往往是试图将其捕获查封,无论是为教会,英帝国,法国革命,或者甚至是自由派的民主,那是因为《乌托邦》坚决主张任何解读都取决于读者的立场,也是因为这样做的利害关系之大到惊人。"①格林布拉特强调说大部分的解读者都错失了对莫尔这本书如此重要的"不相容视角存在的……感觉"。这样说是对的。可问题是,即便这个形式因素如此重要,我们能将它等同于书的核心内容吗?

我所主张的方法能将我们带出此类两分法,因为它既包括格林布拉特强调的"不相容视角"也涵盖关于这本书极具争议性的"总体模式"接受我的论点,附带性的效果之一,就是会拒绝接受 J. H. 海克斯特关于"那奇怪的一段"的理论。海克斯特主张(大部分的解释者同意这一点),《乌托邦》第 1 卷许诺描述此岛屿的那段话是该文本的一处"裂缝"指明了莫尔这项工程中没遮掩完全的早期的一个阶段,因为这样的描述直到第 2 卷中才出现。② 然而以偏好文本及逻辑矛盾的卢西安传统的模式来看,海克斯特的观点很不充分。"另一世界中发生的事情,我会在接下来的书里告知你们,"卢西安《真实的历

---

① S. Greenblatt,《与伟人同桌》(At the Table of the Great),页 22—23 及 58。

② J. H. Hexter,《莫尔的〈乌托邦〉:一项观念的传记》(More's "Utopia": The Biography of an Idea)(Princeton,1952),页 18—21;idem,对《乌托邦》的介绍,《全集》(CW)4:xviii—xx。

史》的第 2 卷,亦即最后一卷的最后一句话这么写道。一位希腊抄写员在书的边缘处冷漠地评论道,这是"最大的谎言"。①

　　我知道当代学者 G. M. 罗根不接受卢西安对莫尔的影响,认为那讽刺作家与"关于乌托邦的叙述中太庄重冷静的篇章"不协调。罗根告诫我们说,莫尔的书,"虽然其形式机智迂回,却是一部政治哲学的严肃作品"。② 然而莫尔《乌托邦》中严肃与喜剧性的因素一定是非此即彼吗? C. R. 汤姆逊拒绝接受这种二元的解读,他问道:"难道我们不能两者兼顾?"③是啊,为什么不呢? 问题是如何兼顾。此处重要的是莫尔《乌托邦》这两方面之间的关系。罗根说的是"虽然其形式机智迂回";我会说"因为其形式机智迂回"。众所周知,莫尔先开始写后来成为第 2 卷的部分,即对乌托邦岛的描述;他后来加上了第 1 卷,也就是对英格兰的描述。在我此前所论述的基础上,我们能非常确信此处"在这之后"与"正因为此"的假性因果成了真性因果。卢西安那些自相矛盾的话一定是起了实质性的作用,显示给莫尔看诸多的可能性,说服了他改变最初的计划。④ 对非现实基调的意想不到的尝试向他表明了一种框架模式,可以从意想不到的角度处理现实问题,可以问一些躲躲闪闪的问题。如果像卢西安所设想过的,对不同的哲学主张进行拍卖,那会怎样⑤? 如果取消私有财产呢? 远古时代

22

23

---

　　① 卢西安《全集》,1: 357。

　　② G. M. Logan,《莫尔〈乌托邦〉的意义》(*The Meaning of More's "Utopia"*)(Princeton,1983),页 7 注解 6,IX。

　　③ 参见 C. R. Thompson,《卢西安的翻译》,收录入《全集》(CW)第 3 卷第 1 部分,页 1 注解 1。

　　④ 如果我是正确的话,这项关联为大多数(若不是全部)研究莫尔《乌托邦》的学者所忽略。

　　⑤ Lucian,《待售的哲学》(Philosophies for Sale),收录入《全集》(*Works*), vol. trans. A. M. Harmon, Loeb Classical Library (Cambridge, Mass., 1988),页 450。

倒置正常社会秩序的仪式,比如农神萨特恩的节日,帮助莫尔想象出一个虚构的社会,在那里,黄金、白银用来做夜壶的材料,外国的大使们被误认作奴隶。同样倒置的仪式帮助他第一次看到一种荒谬的错置的现实:一个羊吃人的岛。

第二章

自身即为他者：伊丽莎白时代构建英国身份
Self as Otherness：Constructing English Identing
in the Elizabethan Age

25   "诗之为诗的特性,"年轻的杰拉德·曼利·霍普金斯曾写道,
"在观察韵文的结构中最能体现出来。诗歌技巧性的部分,可归结为
平行并列的原则。也许可以这样说所有的具有技巧性的事情。诗歌
的结构即为持续的平行并列。希伯来诗歌中严格的排比技巧、教会
音乐轮流吟唱的圣歌,以至于希腊、意大利和英语韵文里精巧的结
构,都是如此。"①

        结构主义语言学家罗曼·雅各布森写过一篇论证严密的文章
"语法并列性及其俄语层面"。文章的开始部分引用了这段话,强调
霍普金斯这个方法的高度概括性。② 我选择以同样的片段开始,想强
调的是这一章并不是具体地讲这个结构。16 世纪末、17 世纪初,
那相对的"希腊、意大利和英语韵文里精巧的结构,"在许多欧洲国
家,尤其是英格兰,成了一件争论颇多的事情。这个故事以前有人讲
过,可它内在的涵义值得再次探讨。③

---

        ①   参见《杰拉德·曼利·霍普金斯日记和文章》(The Journals and Papers of
Gerard Manley Hopkins),ed. H. House, completed by G. Storey (London, 1959),
页 84("一篇于 1865 年为巴里欧大师 [the Master of Balliol?] 写的文章")。
        ②   《语言》(Language)42(1966):399—429,重印收入 R. Jakobson, Poetica e
poesia, ed. R. Picchio (Turin, 1985),页 256—300。
        ③   最近的讨论可参见 R. Helgerson,《民族性的形式:伊丽莎白时期英格兰的
写作》(Forms of Nationhood: The Elizabethan Writing of England)(Chicago,
1992),页 25—40.同时参见 G. G. Smith, ed.,《伊丽莎白时代重要文章》(Elizabe-
than Critical Essays),2 vols. (Oxford,1904)。F. Zschech 的 Die Kritik des Reims
in England (Berlin, 1917)基本上采用的是 Smith 所编书里面的材料。

1

来看一处有名的例子。这例子属于一项不太重要的文学体裁
"轻轻松松学拉丁"。这是身为伊丽莎白女王教师及玛丽女王拉丁语
秘书的罗杰·阿卡姆在一本书的冗长标题中允诺的,此书出版于
1570年,那时已是他逝世两年后了:《教师;即,通俗、完美方法教授
幼童,以拉丁语理解、写作及讲话,尤以培养绅士贵族家宅之年轻人 26
为目的,也适宜于那些个忘记拉丁,然希望以己之力,快速有效恢复
至相当能力,可理解、写作及讲话》。①

我不知道是否真有年轻人从阿卡姆《教师》那里新学到或者恢复
一些他们先前知道的拉丁语。然而,这样一项实际的目的由另一个
书标题里没提到的更大的问题造成。理查德·沙克韦尔爵士曾请求
阿卡姆"以恳切的态度,表明他对于英格兰之人惯于去膜拜意大利有
何看法"。这个话题上,阿卡姆有自己明确的观点。他是一名虔敬的
新教徒,具有坚定的道德信念,几年前曾在威尼斯逗留些许天,那段
经历给他留下挥之不去的罪感记忆。他高度称赞"意大利语,仅次于
希腊和拉丁语",声言对它"喜欢和热爱得超过其他语言"。但是他将
意大利,尤其罗马,现在的情况与其令人尊敬的过去做了鲜明的对
比:"曾几何时,意大利及罗马,对在世的我们这些人的福祉而言,曾
为当时世上最杰出优秀人才之孕育地,他们不仅谈吐机智,且于公民

---

① 伦敦,1589.同时参见 L. V. Ryan,《罗杰·阿卡姆》(*Roger Ascham*)(Stanford,1963),以及 Ryan 所编的《教师》(*The Schoolmaster*)(Ithaca,1967);以及 T. M. Greene,《罗杰·阿卡姆:教育的完美目的》(Roger Ascham: The Perfect End of Shooting),*English Literary History* 36 (1969):609—625。

事务中表现突出。现如今，时光不再。此地虽在，然先前与而今之风格样貌迥异，如黑白对比，美德之于恶行……目前之意大利已非旧日惯有之意大利"（23 r－v）。

阿卡姆抵制当代意大利的观点有两重意思。一方面，他着重指出那些英国绅士们的道德败坏和宗教怀疑，这些绅士们在意大利呆过一段时间，接受了那里的处事态度和行为规范。另一方面，他抱怨最近将意大利书翻译成英文的潮流。据阿卡姆讲，这样翻译过来的书"售于伦敦每家书肆，以单纯朴实的书名投人所好，以更快地败坏单纯朴实的态度与规范：于常人之上，致献于那有德行、可尊敬的名人雅士，此为蛊惑那些个简单纯朴头脑的最便宜方法"（26 r－v）。阿卡姆并不犹豫，极力督促"那有权威的"行动起来，禁止从意大利文翻译过来的书籍再度出版，又指出一项事实，即"近几月之内出印的，已多于在英格兰上百年所见到的"。①

阿卡姆死于 1568 年。两本于 1566 和 1567 年出版的书多多少少符合他的描述。一本是威廉·品特的《快感的宫殿》，致献给安布罗斯，当时为安布罗斯伯爵，以及乔治·霍华德爵士，这是一部两卷本的选集，包括薄伽丘、邦代罗、李维，还有些其他古典、现代的作者们。这些作者们给伊丽莎白时代的读者提供了一些"快乐的历史与稀奇故事"比如《大将军寇流兰》、《雅典的泰门》、《阿玛菲的公爵夫人》、《罗密欧与朱丽叶》，以及《维罗纳的二位绅士》。另有一部是《阿里奥丹托与热内邬拉的历史故事》，取自阿里奥斯托的《疯狂的奥兰多》。这后一部作品将我带到目前的话题上，即关于诗韵的争论。

---

①　有关这些书籍的完整书目，请参见 M. A. Scott，《伊丽莎白时期从意大利语到英语的翻译作品》(*Elizabethan Translations from the Italian*)(New York, 1916)（迄今仍然很有用）。

2

　　"粗糙的乞丐般的押韵技巧,"阿卡姆写道,是被"歌德与汉内斯首次引介到意大利的,那里所有的好韵文与学识均为其破坏;然后到了法国和德国;最后为才智确为极高之士引入英格兰,可惜这些人在这方面的学识有限,判断力更是局促"(60 r)。

　　C.S. 刘易斯认为这种"对韵的批评""至多算是淘气顽皮,恶意中伤"。[1] 然而再进一步的研究表明这样对韵的判断并非那般不重要。是的,阿卡姆的确认为押韵是一种野蛮的、不用说是残暴的特征:"照着歌德的方式押韵,而非希腊的方式以诗表达,"他写道,"甚至类似与猪同吞橡子,而我们本可以与文明人同食小麦面包"(60 r)。

　　今天,这种充满感情色彩的比较也许听起来令人吃惊。而正如恩斯特·贡布里希恰如其分地想到的:"古典这个词的来源自身即能有趣地阐明趣味的社会历史。因为古典学的权威确实是纳税人的作者。罗马社会中只有有地位的人才属于纳税的阶层,也只是这些人而非那些'无产阶级'才以一种有文化的语言交谈与写作。罗马文法家奥卢斯·格利乌斯建议有抱负的作者仿效的正是这种语言。在这个意义上,古典学确实是'高级的、上等的'学问。"[2]

　　阿卡姆是以同样的笔触将两类作品对立起来的:一类出自"希腊

------

① 　C. S. Lewis,《16 世纪除戏剧以外的英国文学》(*English Literature in the Sixteenth Century Excluding Drama*)(Oxford, 1954),页 281。

② 　E. H. Gombrich,《进步的观念及其对艺术的影响》(New York, 1971),页 10,引自奥卢斯·格利乌斯《雅典的夜晚》(*Noctes Atticae*)XIX,页 8,页 15. 参见 E. R. Curtius,《欧洲文学与拉丁中世纪》(European Literature and the Latin Middle Ages)(New York, 1953),页 247—272。

罗马可敬的诗人们,他们更注意满足学识之士的判断,并不匆忙着去讨好粗鲁的人群的趣味";一类是下贱的作品,存在于"伦敦的书肆之中……满是下流粗俗的词韵"(60 v)。他拒绝接受"乞丐般野蛮的押韵",是有意识地努力使英格兰成为真正文明的国度,可以取代意大利,成为希腊罗马传统最相称的继承者,而不至于陷入后者道德与宗教的破败中。在一段有启迪作用的文章中,阿卡姆放弃了他对拉丁传统固有的尊敬,斥责西塞罗在写给阿提库斯的信中对不列颠所做的一条评论。"那整个岛上也没有一丁点儿的白银,"西塞罗曾写道,"也没有任何人懂得学识或者文字"(《致阿提库斯》。IV,17)。阿卡姆不客气地说:"可是现在,尊敬的西塞罗大师,您所不知道的神圣的上帝及上帝之子基督耶稣……据可信的话,关于白银,英格兰一城所有即比所有意大利最富饶的溢满一盘,罗马亦在内。"类似的话,他接着说道,也可以来讲关于学识方面:

> 及至学问,除却所有学术语言及开明的知识,甚或您自己的书,西塞罗,亦被通诵,您卓越的才识,今日在英格兰,为喜爱,为热态,为真正遵循,如自您的时代以来,在意大利的任何一处,不论曾经的风行或是现今的热闹……不妨向您吹嘘一下,西塞罗,您自己,离世之后,在您语言中学识所中止处,今日英格兰诸多人,正以真正知识,正确方法,向前行进,有所进步。(62 r—v)。

于1568年认为英格兰奢华方面已胜出意大利,对希腊拉丁知识的热爱也赛过意大利,阿卡姆如此的想法流露出明显的一厢情愿,而更进一步地提到英格兰的学者们已超越西塞罗的学识,那大概就是故意的夸张了。可是,阿卡姆对意大利的态度模棱两可,他对锡耶纳城的菲利斯·菲柳琪实行的韵律实验温和地给予赞扬,那实验是在后者的《道德哲学十论,即亚里士多德伦理学十论》(*De la filosofia morale libri dieci, sopra li dieci libri de l'Ethica d'Aristotile*)中体现出来的:

> 以如此意大利文美妙评亚里士多德伦理学,以愚之见,此种美妙无人曾用拉丁与希腊文中尝试过,为对意语中粗俗诗韵的一次认真介入,亦有其他意义:每表达亚里士多德理念,若用例来自荷马或欧里庇得斯,菲柳琪皆将之翻译,非按照彼特拉克之韵法,却是以之前他在希腊语中所发现的韵脚及音节,将之译为完美诗文:以此为告诫那意大利国的,摒弃他们韵文之中粗俗野蛮,勤勉学习希腊拉丁真正诗文中之优秀韵例。

照阿卡姆的说法,那些"外国人中不曾逾过彼特拉克与阿里奥斯托之派,或本国人中不曾胜过乔叟"的英国人反而应该以菲柳琪为学习的典范。①

---

① 这里有一个菲利斯·菲柳琪(Figliucci)用韵文翻译赫西俄德(Hesiod)的例子:"Chi per se stesso ben discorrendo risolve / Il meglio, a' gli altri va sempre com'ottimo innanzi / Buono amico è quegli, ch'obedisce a i saggi ricordi. / Ma chi né intende per sé, né intende per altri, / Ben ch'oda, ï pensi, del tutto disutile parmi" (F. Figliucci,《亚里士多德伦理学之外的十大道德哲学书》[De la filosofia morale libri dieci, sopra li dieci libri de l'Ethica d'Aristotile])。

3

30　阿卡姆反对诗韵,赞成古希腊、古拉丁音量诗,这观点引发一次相当的争论,也有一些不同的声音。其中菲利普·锡德尼爵士在其《诗辩》中以相当轻视的口吻观察道,"两种〔也即是说,押韵的诗文与音量诗中〕皆悦耳动听,也都恢宏庄重。确实地,英文适合来写这两种诗,优于其余各通俗语言"。然而锡德尼在强调对"今日所有民族的",包括土耳其和爱尔兰,诗歌都该持应有的敬意,评论说:"即便是最野蛮单纯、没有文字的印第安人中,亦有他们的诗人,做出歌曲调子来唱,称颂他们先辈的事迹,赞扬所信奉神的伟大,他们称之为Areytos;非常可能地,即若古典的学识来到,亦必以悦耳动听的诗歌来趣化他们呆滞、生硬的头脑,使之敏锐、灵活。"[1]

这段话指向关于英语诗韵争论中并不常为人观察出来,却有深远意义的一个方面。我会尽量澄清锡德尼爵士这段评论的内涵意义,将重点放在对 aréytos 这个词的考察上。

已经有评论家观察到,欧洲语言中关于 aréytos 最早的叙述是在奥维耶多的《印第安人通史》(第一部分发表于 1535 年)中。奥维耶多注意到,印第安人虽然没有文字,却通过称为 aréytos 的歌曲"对过去的事情留有记忆",这些歌曲以他们酋长或者王子贵族的生平为基础,伴以舞蹈。奥维耶多称 aréytos 为"一种历史"将它比作李维笔下所述(VII,2)古伊特鲁里亚人去往罗马时所跳的舞蹈,比作西班牙和

---

① 　G. G. Smith, ed.,《伊丽莎白时代重要文章》,前揭。

意大利语中以历史事件为基础的通俗语言歌曲。① 这些类比提醒我们注意这样一个明白的事实，即 16 世纪欧洲人去接触新大陆时，概念上的框架是植根于他们自己的社会中，也是存在于希腊罗马遥远的古代。而这新旧大陆之间的遭遇对欧洲的现今及其关于自身过去认识观念上的长期影响是值得反思的。② 我讨论的这个词——*aréytos*——最终表明着重新定义一种由来已久的构思历史的模式。雅克·阿米欧在他普鲁塔克译文（有些书永远地改变了欧洲，这本是其中之一）的序言中强调历史的远古与高贵，告知他的读者说，那些来自西印度群岛的人群，虽野蛮无知，不通文墨，却能因为他们孩童时代烂熟于心的歌词而记得最近八百年的历史事件。③ 几年之后，西班牙当时的博学之士塞巴斯蒂安·福克斯·莫兹萝描述一幅来自墨西哥的手稿，即所谓的《门多萨书》，是给查尔斯五世皇帝的一件礼物，修饰的是莫兹萝比之为古埃及象形文字的图像。虽然对他而言这并非文字，他也不太情愿地承认说这样不着文字的对过去的记录可以被称为"历史"（*quam appellare historiam, licet non scriptam,*

① G. Fernandez Oviedo，《印第安人的自然通史》（*Historia general y natural de las Indias*），ed. J. Perez de Tudela Bueso，I （Madrid，1959），I. V. 第 1 章，页 112—116；同时参见 José de Acosta，《印第安人的自然和道德史》（*Historia natural y moral de las Indias*），ed. B. G. Beddall （Valencia，1977），I. VI，第 28 章，页 447 （两本都提及 Smith 所编《伊丽莎白时代重要文章》，1:384）。

② A. Grafton，《新世界，旧文本》（*New Worlds，Ancient Texts*）（Cambridge，Mass.，1992）。

③ J. Amoyt《古希腊罗马名人传，由普鲁塔克做平行对比，由希腊文翻译成法文，巴黎》，由 Michel de Vascosan 于 1554 年印刷（牛皮纸拷贝，先前由 de La Vallière 小姐拥有，存巴黎国家图书馆）："引自一位读者：'我愿意自［历史］事物中保留一份优美和荣耀，看见它不仅是最古老的，是另一个时代关于人类经历事件的描写，而且它包含整个人类的进程，先于文字用法之前，为了后来他们保留下来过去事件的记忆，通过他们孩子的童谣来理解，从而通过西方野蛮的土地和居民来观看我们的时代，没有它就不能保留八百年前发生的事情。'"

possumus）。①

阿米欧与福克斯·莫兹萝都没提到 *aréytos*。锡德尼爵士也许见过奥维耶多那本书的法文译本，是 1557 年出版于巴黎的，书名为：《印第安的自然及通常历史：岛屿与被大洋环绕的陆地》。② 我的论点是，锡德尼爵士更有可能的材料来源是弗朗索瓦·鲍德恩的 *De institutione historiae universae et eius cum iurisprudentia coniunctione*（《普遍史的制度及其与法学的关联》）。鲍德恩是来自阿拉斯的著名法学教授，这是一部以他在海德堡大学讲演为基础而写成的专著，首次出版于 1561 年，后收入《历史艺术材料》。后者是一本两卷的选集，1579 年出版于巴塞尔，收录的是关于历史作为一门艺术方面的文章。③ 1580 年 10 月锡德尼爵士给他弟弟罗伯特写了封信，说的是如何写作历史，可以推测出这封信从那本最近出版的巴塞尔选集受到了启发。锡德尼将历史学家比作诗人，甚至更一般意义上的"一名话语者，我们以此命名那些讲'*non simpliciter de facto, sed de qualitatibus et circumstantiis facti*（不仅仅是关于一项事实，也是关于这

① 参见 S. Fox Morzillo 的 De historiae institutione：Dialogus（安特卫普，1557），页 11r—12r。（这段文章的相关性是由 Alessandro Taverna 许多年之前向我指出来的 ）

② 发表时候的标题是《住在圣徒雅克街上米歇尔·瓦斯科桑的印刷品，1557 年于巴黎》（à Paris, de l'imprimerie de Michel de Vascosan, demeurant rue Sainct Jaques, 1557）。翻译者没有使用全名，只使用了名字的第一个字母 C. D. A.。

③ [J. Wolf]，*Artis historicae penus*，2 vols.（Basel, 1579），1：593—742. 弗朗索瓦·鲍德恩的文章发表之后，又有 Fox Morzillo 的 *De historiae institutione* 发表。参见 D. R. Kelley 的《现代历史学术的基础：法国文艺复兴时期的语言、法律和历史》（*Foundations of Modern Historical Scholarship: Language, Law, and History in the French Renaissance*）（New York, 1970），页 116—148；M. Turchetti, *Concordia o tolleranza? Francois Bauduin*（1520 — 1573）*e i "moyenneurs"*（Geneva, 1984）。

项事实的特征与环境)'"。① 鲍德恩用的是同样的词,观点却正相反:
历史学家们得超越对单项事实及对其环境的描述(*factum aliquod . . .
cum suis circumstantiis*),虽然他们得避免的也包括那些"新修辞学
者们"的夸张技巧,以及诗人与艺术家们可以享受的虚构的自由(此
处仿效了贺拉斯的一句名言)。② 然而问题是,尽管锡德尼爵士并不 32
同意鲍德恩对待历史的方法,后者的专著一定是吸引了他的注意力。

  鲍德恩,原本是一名天主教徒,后皈依加尔文教义,成为加尔文
的秘书;后来他又回归天主教,他试图做的是两种宗教之间的调解
者。他的《普遍史的制度》,致献给纳瓦拉的国王安托万,写于 1561
年 9 月天主教徒和加尔文教徒巴黎近郊普瓦西会谈的前夕。鲍德恩
在普瓦西会谈中扮演了一个重要角色,也因此使他后来成为那会议
后加尔文一篇恶毒的小册子中大概的攻击对象。加尔文小册子的标
题是:*Response à un cauteleux et rusé moyenneur*(《答一名谨慎狡猾
的调解者》)。③ 鲍德恩的《普遍史的制度》以鼓动性的宗教暗示性话
语讨论问题,比如宗教中第一见证之于第二见证的优势这样的话题,

---

  ① Ph. Sidey,《全集》(The Complete Works),ed. A. Feuillerat (Cambridge,
1923 [?]),3:130—133,尤其是页 131。

  ② Bauduin,引自[Wolf],《历史技艺》(*Artis historicae penus*),1:665:"Poste-
aquam historia factum aliquod descripserit cum suis circumstantiis, etsi earn liberali
custodia septam, vellem cingerei omnium literarum eruditus quidam chorus: tarnen
rhetores novos ad id, quod recitatum erit, exaggerandum non invitabo. Nam amplifi-
cationes atque excursiones ociosorum hominum, qui, ut poeta et fictores, quidlibet
audendi atque ingendi potestatem sibi arrogant, non minus quam ineptas allegorias
ineptorum concionatorum, praecidendas esse sentio"。有关贺拉斯的定理,参见 A.
Chastel,《贺拉斯的定理》("Le *Dictum Horatii quidlibet audendi potestas et les art-
istes*"[13—16 世纪]),引自《故事、形式、比喻》(*Fables forms figures*)(巴黎,1978),
1:363—376。

  ③ M. Turchetti, *Concordia*,页 209—210 以及其余各处。

讨论的视野开阔,倾向于比较的方法。一个类似的话题是,在没有历史这种文学体裁存在的时间空间中,口头流传的故事的可信度。鲍德恩是从罗马历史最远古的阶段出发来讨论的。那个历史阶段,人们用在西塞罗时代就已经遗失的宴会歌词和布兰诗歌(*Carmina*)来歌颂名人们的英雄事迹,这些人们可以从西塞罗的《布鲁图》中得知。鲍德恩将这一段话和塔西佗《日耳曼尼亚志》,2,3("*Celebrant carminibus antiquis, quod unum apud illos memoriae et annalium genus est . . .* "[即他们远古的颂歌——他们所知道的唯一一种记录或者历史的方法])以及《编年史》,2,88,3("*Caniturque adhuc barbaras apud gentes, Graecorum annalibus ignotus, quis sua tanturn mirantur*"[即直到今天,(阿尔米尼乌斯)仍在部族的曲谣中被颂扬,虽然对于那些只喜欢希腊史的希腊史学家们来说,他是无名之辈])相比较。鲍德恩接着推断说,对远古的日耳曼人发生过的,也必定在其他人群历史上发生过。他提到那个 *Eginhardus* 描述查理曼大帝如何誊写并记忆 *barbara et antiquissima carmina*(那些粗野的遥远古代的歌谣,讲述的是从前国王们个人事迹及军功伟绩)的片段。而后,他补充说:"我来列举另一个同样高贵的例子"(*Recitabo alterum non minus nobile exemplum*),讲的是最近发现的印第安人如何传达历史知识的方法。这种方法要么依赖系列的类似古埃及象形文字的绘图,要么依赖以舞相伴的歌曲(*cantiones*)。这类与舞掺和一起的歌曲被称作 *aréytos*,即是前面提到的锡德尼爵士用的那个词。①

33

————————

① Bauduin,引自[Wolf],*Artis historicae penus*,1:648—649:"et quod Germanis(ut de aliis nunc non loquar)olim ccidit,multis populis accidisse. Corn. Tacitus ait:veteres Germani ignorasse quidem secreta litterarum,sed antiquis carminibus usos esse,fuisseque hoc unum apud eos memoriae et annalium genus. Unde et lib. I loquens de Arminio:Canitur(inquit)adhuc barbaras adhuc gentes,(转下页)

我是在阿纳尔多·莫米利亚诺那篇灿烂生辉的论文"佩里佐尼乌斯,尼布尔及早期罗马传统的特色"的一个脚注里读到这段鲍德恩的话。那篇论文分析的是发现美洲印第安人如何口头传播过去发生事件是怎样改变了罗马史的观念,产生了史学界所谓的歌谣理论。[1]可是甚至莫米利亚诺也没有能完全理解鲍德恩那些评论的真实历史涵义。它们引人注目的既是那宽广的比较视野,也是显然非欧洲中心的态度。鲍德恩断言美洲印第安人的歌谣与罗马的布兰诗歌比较"一点儿也不少些高贵,"他用奥维德的话评论说,*Nam et fas est et ab hoste doceri*"(奥维德,《变形记》。4,428),即"学习总是正当的,即使是从我们敌人那里"。可是这样翻译奥维德的这句话有些误导,因为它不可避免地忽视两个词之间相连接的部分:*hostis*,即"敌人"与*hospes*,即"宾客",作为一名罗马法渊博的学者,鲍德恩非常清楚

(接上页注①) Graecorum annalibus ignotus. Quid igitur tandem? Eginhardus, bonus profecto eius rei, quam dicere nunc volo, testis, de suo Carlo Magno: Barbara (inquit) et antiquissima carmina, quibus veterum regum actus et bellica canebantur, scripsit memoriaeque mandavit. Recitabo alterum non minus nobile exemplum. In novis, hoc est, nuper repertis Indiae Occidentalis insulis, tarn dicuntur essse homines illiterati, et literarum tarnen, tanquam Deorum cultores, ut cum audirent nostras ibi Christianos alioqui absentes, sic inter sese per epistolas colloqui, ut alter intelligat, epistolas illas clausas adorarint, in quibus dicebant inclusum esse aliquem divinum internuncium genium. Uli (inquam) tam illiterati homines multorum saeculorum historiam suae gentis memoriamque conservami partim quibusdam temere effectis symbolis, ut Aegyptii notis Hieroglyphicis, partim suis cantionibus, quas alii alios docent, et in suis choraeis cantillant, quales choros vocant areytos".

① A. Momigliano,《佩里佐尼乌斯、尼布尔以及早期罗马传统的特性》(Perizonius, Niebuhr and the Character of Early Roman Tradition),引自 *Journal of Roman Studies* (1957), reprinted in *Secondo contributo agli studi classici* (Rome, 1984),页 69—87。第 70 页的注解 6 里面,Momigliano 认为塔西佗和艾因哈德的结合来自于尤斯图斯·利浦西乌(Justus Lipsius),这一点事实上鲍德恩已经指出来了。

hostis 旧有的词义为"相异的""异乡的"比如《十二铜表法》中的一款 *Adversus hostem aeterna auctoritas esto*（即与外[国]人产生冲突时，本[国]人的财产所有权永远有效）。① 鲍德恩树立起世界各地都用歌谣传达历史记忆的观点，以此提出一项道德与政治的告诫："我们难不成衰败到如此地步，都要拒绝聆听我们的国家历史这首诗了吗？然而，为了能听明白这首诗歌，我们得保留通常被描述为野蛮的那些人的记忆。我们是法兰西人、不列颠人、日耳曼人、西班牙人，还是意大利人？如果真想谈论我们自己，我们必须不能忽略那些法兰克人、盎格鲁人、撒克逊人、哥特人、伦巴第人的历史。既然我们常曾与伊斯兰教阿拉伯人与土耳其人战争，我们也必须知道他们的历史。"②

34　　这些给人印象深刻的话，似乎预先展望到 18 世纪历史学家们，如慕拉托里的学术研究，更不用提那些（常常更加目光狭隘的）欧洲国家民族主义的政治与文化议题。③ 实际上，长期以来，法国法律史家都在集中讨论研究我们称之为中世纪的历史时期。然而鲍德恩以宽广的世界主义视野给这样的方法以新的形式，欣然将野蛮人与敌人包括进研究对象，只要他们是曾为 *hostes*，"异乡的"16 世纪末、17

---

① E. Benveniste，《印欧语系惯例词典》(Le vocabulaire des institutions indo-europénnes) (Paris，1969)，页 62。

② [Wolf]*Artis historicae penus*，1：623："Et nos erimus tam dégénères，ut ne audire quidem velimus patriae historiae carmen？Caeterum id intelligere non possumus，nisi et eorum，qui barbari dicuntur，memoriam teneamus. Si Galli，vel Britanni，vel Germani，vel Hispani，vel Itali sumus，ut de nostris loqui possimus，necesse est nos Francorum，Anglorum，Saxonum，Gothorum，Langobardorum historiam non ignorare. Cumque nostri cum Saracenis et Turcis saepe congressi sint，ne nescire quidem licet Saracenicam et Turcicam"。

③ Kelley，《现代历史学术基础》(*Foundations of Modern Historical Scholarship*)；N. Edelman，《17 世纪法国对待中世纪的态度》(*Attitudes of Seventeenth-Century France Toward the Middle Ages*)(New York，1946)。

世纪初英格兰出现的对诗韵的辩护也符合其中的一些假设与预想。

4

鲍德恩以口头方式传达历史事件记忆的观点,将古典在维护传统等级制度中作用的一般性预设悄悄地推翻。一本未署名出版的《英语诗学》(伦敦,1589),其实是乔治·帕特纳姆写的,书中将鲍德恩的观点更加具体化,把它转换成了一种对希腊拉丁诗体的攻击。帕特纳姆的表达形象生动,值得全部引用:

> 看起来是,我们这种粗俗的诗学为世界各国家所共有,也为那些拉丁语希腊语尤其称为野蛮、不文明的地方所有。虽然被称为野蛮、不文明,这是历史上第一种最古老的诗学,亦是最普世的一种,这两点,如若不是被称为野蛮、不文明,是所有人类发明及事务的不小的成绩。这一点为商人及旅行者证实,他们靠着最近的航海发现,行遍这个世界,见识到宽广的国度、稀奇的人群,那些地方原始不文明。这些商人及旅行者确认说,那美洲的、秘鲁的、甚至安地列斯群岛上的食人族,都唱歌,也以某种押韵的短句子、而非散文的形式,叙说他们最高尚与神圣的事情。这又证明了,我们粗俗的诗学的形式,比希腊语、拉丁语那修饰过的词句更古远。我们的方式来自自然的本能,先于人为与观察;为野蛮、不文明的人使用,他们也先于所有的知识与开化。甚至像时间上那赤裸的先于那穿衣的存在,那无知识的先于博识的。因此,那自然的诗学,为人为的艺术所辅助、改善,但并不完全改动或者掩盖那些自然流畅

35

的地方,而是保留了一些(可是希腊文、拉丁文中这些自然流畅是被摧毁殆尽的)。这样的诗学,应像希腊、拉丁的一样,容许被称颂。①

鲍德恩与锡德尼爵士两个人各自谈起以舞相伴的歌曲(cantiones)和曲谣,而不是诗韵。他们都没提到帕特纳姆观点的基础,即自然与艺术之间的对立。《英语诗学》将两套价值观念并置:第一种包括那些远古的、自然的、野蛮的(或者未开化的)、普世的、赤裸的、无知识的;第二种是那些最近的、修饰过的、文明的、特殊的、穿衣的、博识的。关于帕特纳姆的生平,文献材料稀少,可他看起来像是在法兰西宫廷里呆过一段时间。② 帕特纳姆是否知道 1580 年首次出版的蒙田的《随笔集》? 这个问题的答案很有可能是肯定的,因为《英语诗学》与蒙田的随笔"论食人族"都赋予对这两个文本很关键的一个词"野蛮的"[即"barbarous,"——译者注]三层含义:相对的、否定的、肯定的。③

首先,据帕特纳姆的说法,"野蛮的"是一个相对的概念,是一个因为种族自豪感而产生的侮辱性词汇:"这个词产生,是因为古希腊人罗马人高度的自豪感。那时,他们支配整个世界,认为没有一种语言像他们的那样悦耳动听,他们之外的民族皆为粗鲁与未开化,他们称为野蛮的……那意大利人至今日以同样的妄自尊大,称他们亚平宁山脉、Tramontani 山脉这边的法兰西人、西班牙人、荷兰人、英吉利

---

① ［G. Puttenham］,《英语诗学》(*The Art of English Poesie*)(London,1589;reprint,Menston,England,1968),页 7。

② ［G. Puttenham］,《英语诗学》,前揭,页 251。

③ C. Ginzburg,《蒙田、食人者与洞穴》(Montaigne,Cannibals,and Grottoes),收入 *History and Anthropology* 6 (1993):125－155,尤其是页 146－148。

人以及其他族类属于古希腊、罗马会称为野蛮的那一类。"①

这样的态度也并未使帕特纳姆不将"野蛮的"用作粗野、粗暴、笨重的同义词。在一段关于诗韵历史——已经有学者注意到,这是这一类历史写作中最早的②——的离题话中,帕特纳姆遵循阿卡姆的说法,将"古希腊、罗马人诗格韵律"的衰败、腐烂归因于"那些入侵他们的野蛮征服者,他们带来数不清的一群又一群的奇怪民族"(第六章)。然而,大概是受到鲍德恩对那些"粗野的、非常远古的歌谣"兴趣的启发,帕特纳姆用了一个章节来讨论写于"查理曼大帝时期及其后许多年"的格律诗(第七章)。那些"歌谣",艾因哈德在查理曼大帝生平中提到过。可以预见,帕特纳姆提及"教皇们的过度权威"、"历史时代中野蛮的粗鲁"、"僧侣们闲散的虚构创造"以及一个"传奇式的时代"。一首由於果鲍德修道士写的"长诗,是献给卡罗鲁斯·卡尔邬斯(Carolus Calvus)的,每个词的第一个字母都是 C",是——帕特纳姆评论说——"一部技巧熟练的作品……,虽然实际上也只不过是一种一时兴起的手段,目的也仅仅是为了让那些野蛮时代粗鲁的人们听起来顺耳"。而那一章的最后一段里帕特纳姆讲出他为什么会喋喋不休地论述这些粗笨的文学产品:"这样你能观察到人们的趣味、欲望,他们是多么地不同,在喜欢新风尚方面又是如何善变,虽然

----

① [Puttenham]《英语诗法》,前揭,页 209—210,参见 D. Hay,《意大利与野蛮的欧洲》(Italy and Barbarian Europe),收入 *Italian Renaissance Studies: A Tribute to the Late Cecilia M. Ady*, ed. E. F. Jacob (London, 1960),页 48—68。

② E. Norden,《古希艺术散文》(*La prosa d'arte antica*),由 B. Heinemann Campana 翻译(罗马,1988),2:815 注释 2,876 注释 90。然而附录部分关于韵律的历史是基本的。也参见 L. A. Muratori《意大利的古代》(*Antiquitates Italicae*)一书(Mediolani, 1740),卷 3,diss. 40《诗歌真正的韵律以及意大利诗歌的起源》(De rythmica veterum poesi et origine Italicae poeseos)一文,coll. 683—712:"第一篇系统的论述"(Norden,《古老艺术散文》,页 815,注释 1)。

许多时候那新的风尚并不如旧的。不仅仅是指他们的生活方式与穿衣着装方面的风尚，也指古典学科的学习、人文的学问，尤其是他们的语言方面。"①

相当长一段时间里，穿衣着装、古典学学习、人文学问、语言变化的潮流被认为是与古文物研究者的课题相关，而与史学家无关的。甚至帕特纳姆提出的诗韵与"趣味、欲望"之间的联系也并非新鲜事物：比如，罗杰·阿卡姆那本《教师》中就将充满伦敦书肆的那些"下流粗俗的词韵"与"希腊、罗马可敬的诗人们"的作品对立起来，后者"更注意满足学识之士的判断，也不匆忙着去讨好粗鲁的人群的趣味"（60 v）。可是帕特纳姆颠覆了传统的等级秩序，通过他古文物研究者的好奇心，将先前被斥为野蛮的诗词韵律转换成一项正当的研究课题。② 五十年后，法国诗人和批评家让·夏普兰立论说，与《朗斯洛》类似的中世纪传奇故事是与历史事件有关联的，夏普兰的措辞中显示出帕特纳姆评论的一些涵意："医生们以病人的梦为基础，分析他们受感染的体液：同理，我们也可以从过去作品中的怪诞空想入手，分析过去时代的风俗习惯与生活方式。"③社会史与心态史都最终

---

① ［Puttenham］，《英语诗法》，前揭，页 11。

② 参见我的《蒙田、食人者、洞穴》一文。同时参见 P. Ayrault《有关自然的话语：法则的多样性及其变化》（*Discours de la nature: Variété et mutation de loix*），这发表的时候是作为 F. Grimaudet（*Paraphrase du droict de retraict lignager, recueillie des coutumes de France ...*）（巴黎：1567）一书的序言，c.ar："人类和睦相处，但是不食用一样的食物和肉类；因此人类生活的地方为法则、宪法和习俗所规范和维持，但是并不是相似的或者平行的法则和习俗。"

③ 参见 J. Chapelain，《批评小册子》（*Opuscules critiques*），ed. A. C. Hunter（Paris，1936），页 222。也参见写给 J. B. Fischer von Erlach 这本书的序言 *Entwurf einer historischen Architectur in Abbildung unterschiedener berühmten Gebäude des Altertums und fremder Völker*（Leipzig，1721）："设计师们想要证明，各国的食物之间就和各国建筑之间的区别一样大，在居住的风格或者食物的（转下页）

可以从这一类的古文物研究中产生出来。

可是，"野蛮的"对帕特纳姆以及蒙田而言，具有第三层意义，那就是积极的正面的意义。诗韵，为"未开化的"（也就是，野蛮的）和普世的，是"自然的"①而根据帕特纳姆的观点，甚至"自然的诗"也得"为人为的艺术所辅助、改善，但并不完全改动或者掩盖那些自然流畅的地方，而是保留了一些（可是希腊文、拉丁文中这些自然流畅是被摧毁殆尽的）"。（第五章）。在《英语诗学》最后一部分中，帕特纳姆将他自然与艺术的对立重新措辞，来澄清采取的折中措施。他以他开始的论证出发：即，诗人，从词源上来讲，即为制造者。作为制造者，帕特纳姆总结说，诗人与木工、画家、雕工及花匠是有可比性的。但是，这种可比性也只是在某种程度上：

> 但是我们的制造者或者诗人心中所相信的，仅仅是在从极好的外观形状与机敏的结构中创造技巧和问题，这又由明朗清晰的迷幻与想象力来辅助，他不似画家那样仿造与自然相似却又不同

（接上页注③）味道方面，若互相比较，就能做出明智的选择。最后认识到建筑艺术中应该存在某些奇怪的地方，正像哥特式时期的装饰；那种第三层的拱顶，那些教堂的塔式建筑，那些印度式样的装饰和屋顶，不同的意见也存在于争论的主题上，谈起食物的味道方面也会存在这种问题。"同时参见我写的《作为包容的风格、作为排斥的风格》（"Style as Inclusion, Style as Exclusion"），收入《图像科学、制造艺术》（*Picturing Science, Producing Art*），ed. C. A. Jones and P. Galison（London，1998），页 27—54，尤其是第 32 页。

　　① 参见菲利普·锡德尼爵士、乔治·帕特纳姆以及威廉·韦布作品编辑的尖酸评语，《阐释伊丽莎白时代诗歌风貌的文件》（*Documents Illustrating Elizabethan Poetry*），ed. L. Magnus（London，1906），页 128，注解 7："这章的论点并不令人信服。如果诗律仅仅是写作技术不存在情况下为了记忆方便的一项粗糙的装置，类似于裸体之方便于着衣，那么对诗律的捍卫就站立不住。超级的古典型并不一定代表说是超高级的艺术。"

的效果，也不像花匠那样修饰自然、以达到与自然相似或者相同的道理来运转，也不如木匠那样制造的是与自然完全不同的效果；诗人的效果却甚至像是自然本身，以她特有的德行与固有的本性，来劳作生产，不像其他制作者靠的是先例和冥思或者训练；因此，最自然不修饰造作的诗人是最值得钦佩的。①

艺术家是一名创造者：学者 M. H. 艾布拉姆斯为了强调这个观念的新柏拉图主义根源，从锡德尼爵士和帕特纳姆那里分别引用了几个相类似的段落。②

38　　也许会有人想到 1585 年乔达诺·布鲁诺在伦敦发表了他的格律诗《论英雄般的狂热》，献给菲利普·锡德尼爵士③。帕特纳姆《英语诗学》中新柏拉图主义的因素很清楚明白，然而我想知道帕特纳姆将诗歌赞美为"像是自然本身"的时候，是不是也在仿效意大利卡斯蒂格利翁《廷臣论》中提出的"潇洒"原则，即由艺术技巧恢复的超出艺术工夫之外的浑然天成。这样的话，就能解释为什么帕特纳姆讨论了"什么使我们的言谈愉快可赞，即关于古罗马人称之为礼仪的"一章之后，在"行为举止的礼貌，亦属于诗人或制造者思考的问题"的一章中接着讨论了宫廷行为举止方面的话题。④

---

① ［Puttenham］，《英语诗法》，前揭，页 257。

② M. H. Abrams，《镜与灯：浪漫主义理论和批评传统》（*The Mirror and the Lamp: Romantic Theory and the Critical Tradition*）（Oxford，1953；reprint，Oxford，1974），页 273—274。

③ F. Yates，《乔达诺·布鲁诺与隐秘派传统》（*Giordano Bruno and the Hermetic Tradition*）（Chicago，1964），页 275—290。布鲁诺的写作由 L. Williams 于 1887—1889 年翻译成《英雄的狂热者》（The Heroic Enthusiasts）。

④ ［Puttenham］，《英语诗法》，前揭，页 218—249。

5

"此类不文明的诗……我是说这类我们称之为韵文的拙劣的诗行，"威廉·韦布在他出版于 1586 年的《论述英语诗歌》中写道。[1] 应该考虑到，这样才能捕捉到帕特纳姆对社会及文体得体性关切中的争论锋芒，他尽力使诗律——虽然他强调的是它自然、野蛮、原始的特征——成为一项令人尊敬的、甚至有宫廷气派的技艺。塞缪尔·丹尼尔在《为韵文辩》(1603 年发表)中将这些明显的自相矛盾朝新的方向进行了发展。[2]

一年以前(即 1602 年)，托马斯·坎皮恩发表了他的《英诗诗学观察》，争辩说古典的韵律更适合英语语言，胜于那些"粗俗的、未加修饰的押韵习惯"。[3] 丹尼尔只在他《为韵文辩》最后一部分才讨论坎

---

① Smith,《伊丽莎白时代重要文章》,前揭,页 218—249。

② 参见 S. A. Tannenbaum,《塞缪尔·丹尼尔:简明书目》(*Samuel Daniel: A Concise Bibliography*)(New York, 1942);M. MacKisack,《历史学家塞缪尔·丹尼尔》(Samuel Daniel as Historian),收入 *Review of English Studies* 24 (1947),页 226—243;C. Seronsy,《塞缪尔·丹尼尔》(*Samuel Daniel*)(New York, 1967);P. Spriet,《塞缪尔·丹尼尔 (1563—1619):生活及其作品》(Paris, 1968);J. L Harner,《塞缪尔·丹尼尔与迈克尔·德雷顿:参考指南》(*Samuel Daniel and Michael Drayton: A Reference Guide*)(Boston,1980)。

③ 参看《托马斯·坎皮恩作品集》(*The Works of Thomas Campion*),ed. W. R. Davis (London, 1969),页 287—317;G. Saintsbury,《英国批评史》(*A History of English Criticism*)(Edinburgh, 1911; reprint, Edinburgh, 1962), pp. 39 ff., 70 ff.;E. Lowbury, T. Salter, and A. Young,《托马斯·坎皮恩:诗人、作曲家、医生》(*Thomas Campion: Poet, Composer, Physician*)(London, 1970),尤其是 76—89 页;D. Attridge,《推敲的音节:伊丽莎白时代诗歌的古典韵律》(*Well-weighed Syllables: Elizabethan Verse in Classical Metres*)(Cambridge, 1974);以及 W. R. Davis 的《托马斯·坎皮恩》(Thomas Campion)(Boston, 1987),页 104—113。

皮恩技术性方面的论断；他回应的大部分集中在更重大的话题上。他一开始就直接颠倒了坎皮恩认为的艺术对自然的优越性。"风俗习惯在一切律法之先，自然自发在一切修饰造作之先，"他写道。然后，他才展开了这些意义坚决的话的内涵："我们所有的理解都不是以希腊和意大利的方方框框构建起来的。我们是自然的孩子，他们也是……他们所有的诗、哲学一无所是，除非我们带着理念的鉴别力将其付诸使用。不是书书本本儿，而是那副世界的伟大卷轴、那上天布满的仁慈使得世人明辨是非。"①

　　丹尼尔文本的下一段话中包括了对蒙田的随笔"论食人族"②几乎是逐字的引用。虽然蒙田的名字未得提及，丹尼尔当代的读者是不可能在那一段话中看不出对他动人话语的仿效的。蒙田《随笔集》的第一个英文译本与丹尼尔的小册子都出版于 1603 年。丹尼尔通过蒙田英文本的译者约翰·弗洛里欧直接、间接地参与到这项计划中，后者是他的密友，也还是他的姻兄或者姻弟。丹尼尔将写蒙田的一首长诗致献给弗洛里欧，称颂他，除了做的其他事情，"掷这勇猛的一跃，冲 / 那风俗，那尘世的强力暴君， / 自宫殿闺房处的奴役 / 我

---

　　① S. Daniel，《一首颂歌并为韵文辩》(*A Panegyrike with a Defence of Ryme*)(1603；reprint，Menston，England，1969)，cc. G6v。有关自然是一本大书的说法，参见 Curtius，《欧洲文学与拉丁中世纪》，前揭，页 319－326。

　　② Daniel，《一首颂歌并为韵文辩》，前揭："希腊人认为其余城邦皆为野蛮，然而当古希腊伊庇鲁斯王国国王皮拉斯看到罗马人队形整齐的排列，这使得希腊人认识到他们自己傲慢专横的错误，皮拉斯国王就可以说这不再是野蛮的行进"(cc. G6v-Hr)。参见 J. I. M. Stewart，《蒙田的〈散文〉与〈为韵文辩〉》(*Montaigne's Essays and A Defence of Ryme*)，收入 *Review of English Studies* 9 (1933)：311－312，这段文字的相关性为近来的解读者所忽略：在最近一个关于伊丽莎白诗歌韵律辩论的叙述中(参看 Helgerson，《民族性的形式》(*Forms of Nationhood*)，前揭，页 25－40)，并没有提到蒙田。相反的观点，参照 Spriet《塞缪尔·丹尼尔》各处，前揭。

们孕育成,幼弱的诞生"。①

　　弗洛里欧翻译的蒙田也就是莎士比亚读过的蒙田。《暴风雨》第二幕第二场所描述的乌托邦性质的共和国家("我要禁止一切的贸易;没有地方官的设立")即是受弗洛里欧翻译的"论食人族"的启发。② 蒙田关于原始社会情貌的随笔果真非同寻常地吸引了英语读者吗? 比如,在意大利,当蒙田的随笔1590年被翻译出版时,那些内省的文章影响力就极小。③ 这样的不同,虽远非不可预见,也许能告诉我们一些英语世界对于蒙田的接受情况。

　　卡洛·迪奥尼索蒂称对蒙田的意大利语翻译为"一个决定性的转折点",因为它表明"意大利与法兰西之间的文学关系史开始了一个新时代……意大利终于开始意识到欧洲大陆上一个新系统的存在以及它的优势"。④ 蒙田的英语翻译为这个结论新增了一个曲折,因为这个翻译也是受意大利的知识环境影响。译者约翰·弗洛里欧为来自意大利的新教徒,流亡英国,他父亲也是如此。在他介绍性的文章中,弗洛里欧回忆说有些人认为翻译为对"大学的颠覆";接着,他引述他的"老伙计诺拉诺",后者曾私下讲过,也公开地教导说"由翻译所有的知识可以繁衍子孙、传至后代",因为希腊人是从埃及人那

40

---

　　① 收入 M. de Montaigne,《散文集:第1卷》(*The Essayes or Morall, Politike and Millitarie Discourses . . . The First Booke*)(London,1603)。丹尼尔的诗歌是写给"我亲爱的兄长及朋友约翰·弗洛里欧"。

　　② 参见 J. Feit,《莎士比亚与蒙田:解释〈哈姆雷特〉映射以及当代作品倾向的一项尝试》(*Shakspere and Montaigne: An Endeavour to Explain the Tendency of "Hamlet" from Allusions to Contemporary Works*)(London,1884),页61—62。

　　③ 参见 R. Romeo,意大利文(Naples,1971)。

　　④ C. Dionisotti,《16世纪意大利文学中的欧洲》(*Europe in Sixteenth-Century Italian Literature*)(the Taylorian Lecture delivered February 11, 1971)(Oxford,1971),页18—19。

里产生他们的知识，而后者又得自"希伯来人或者古巴比伦王国的迦勒底人"。"诺拉诺"当然是指那不勒斯城那勒小镇的乔达诺·诺拉诺·布鲁诺，他已于三年前因为散布异端邪说在罗马被处以火刑；约翰·弗洛里欧，是布鲁诺对话录《星期三的灰烬晚宴》中的一个角色，这角色唤出他死去的友人，所用的词汇适合弗朗西斯·耶茨为我们捕捉到的这位密教隐士的形象。[①] 蒙田意大利译文所显示的对法兰西知识上的承认和臣服，如迪奥尼索蒂称所讲到的，在英文译本中不存在。我会说，英文译本中存在的甚至是完全相反的情形。蒙田，这位今天看起来文学中法国特性的典型代表人物，在英格兰对其身份自我肯定的过程中，扮演了一个相关的角色。那身份认同针对的是"欧洲大陆之上一个新系统"，这系统是以法国为中心的。

对蒙田的英语阅读出现在帕特纳姆的《英语诗学》中，而且，更加明确地出现在丹尼尔的《为韵文辩》中。拒绝传统中对希腊、罗马文化遗产的重视，着重野蛮的艺术文化例如诗韵，这引发丹尼尔去质疑——以真正蒙田的精神——整体的欧洲优越性："难道经验不会证明我们错误，若我们说中国为粗鄙的、野蛮的、未开化的，因为那地方从未听说过有（诗韵的）抑扬扬格、扬抑格及三短音节音步存在？"（Hr）。然而丹尼尔却发表了一个蒙田决不会有的看法，即为我们称为中世纪的时代辩护："那哥特人、汪达尔人和伦巴族人，他们的到来像洪水一样，如他们所说，淹没了欧罗巴古典学问的辉煌，然而依然给我们留下他们的律法和习惯风俗，这些成为基督王国里绝大部分地方宪法的起源"（Hr）。

---

① 参见 F. A. Yates，《约翰·弗洛里欧》（*John Florio*）（Cambridge，1934），页89。有关弗洛里欧的翻译，请同时参见 F. O. Matthiessen，《翻译：一项伊丽莎白时代的艺术》（*Translation: An Elizabethan Art*）（Cambridge，1931），页103—168。

那个时代有一种观念，认为是瑞赫琳、伊拉斯谟和莫尔重新振兴了拉丁语。针对这个观念，丹尼尔提出了怀疑。在他们之前，彼特拉克写出过杰出的拉丁语诗歌与散文，虽然是他用意大利语写的诗篇为其赢得了在意大利的荣耀与盛名。丹尼尔提出一个令人印象深刻的名单，上面是效法彼特拉克的那些人文主义者。然后，他接着写道：“远在这些人之前，有跟这些人一样的人，我们的民族精神与价值那时也并不落后，而是与这文化世界中的佼佼者同时期存在的”（Hr）。

丹尼尔引述比德、瓦尔特·马普、布拉克顿、培根、奥卡姆，“以及无数聪明才智之士，大部分为四百年前的人，身后所有学问中都留有高深判断与学识的不朽作品。因此，只是由我们自身判断而聚集的那些人，使我们认为其他的时代为雾气笼罩，远离我们，使我们觉得那遥远的人们，以我们自身的判断而言，那么渺小”（H2r）。

丹尼尔作为一名古物研究者的虔敬体现在一些他提到的并不重要的名字中，比如这位阿尔德姆斯·杜罗特姆斯，丹尼尔称他为“他自己的时代里最伟大的诗人”，是在 739 年博得盛名的。偶尔，丹尼尔为中世纪的辩护也使他走出英格兰的范围：“伊拉斯谟、瑞赫琳以及莫尔并没有以他们恢复起来的拉丁语，为这个世界带来更多智慧，没有教育出比圣徒托马斯更渊博的神学家，比巴托鲁更伟大的法学家，比司各特更严谨的逻辑学家”（H2v）。可是他又转换话题，回到他主要的关切点上：“让我们不再多讲其他，而来观看英格兰国这奇妙的建筑，看看是否曾有反常的时代，才赋予它如此的形状”（H2v）。

没必要再接着引述下去了，因为丹尼尔的文本众所周知——整个关于诗韵的辩论中，目前为止这是最有名的文本。丹尼尔为那些“反常的时代”——即中世纪——的辩护，所有的解读者都印象深刻，因为那段话是全然地新奇别致。① 然而如果放回到我所主张的语境中讨论，丹尼尔的态度观点却并非那么令人诧异。"我们难不成衰败到如此地步，都要拒绝聆听我们的国家历史这首诗了吗？"

42　　弗朗索瓦·鲍德恩之前曾在其《普遍史的制度》中写道。"然而，为了能听明白这首诗歌，"他接着写道："我们得保留通常被描述为野蛮的那些人的记忆。我们是法兰西人、不列颠人、日耳曼人、西班牙人，还是意大利人？ 如果真想谈论我们自己，我们必须不能忽略那些法兰克人、盎格鲁人、撒克逊人、哥特人、伦巴第人的历史。"丹尼尔在他的《为韵文辩》为鲍德恩所勾勒出的批评方法重新注入了活力，这是从一个完全为英国辩护的角度。

6

本世纪初[指 20 世纪初，——译者注]，丹尼尔的《为韵文辩》曾被认为是浪漫主义的预言。② 我们现在能轻易地猜测到会产生这样犯历史时代错误评价的原因：丹尼尔反对古典时代，因此他可以被认为是现代的。"现代"自然是个棘手、狡猾的词，然而此处却可以更加具体一些。古典与现代之争并没有起自法国；而是开始于英格兰，由关于韵文的争论引发。这场争论中的主题之一就正好是英格兰与欧

---

①　S. Daniel，《诗歌以及为韵文辩》(*Poems and a Defence of Ryme*)，ed. A. C. Sprague (Chicago, 1930；reprint，Chicago，1972)，页 xxxv，让人想起丹尼尔《历史》(*History*)(iv，213)中有一节，是关于塞勒姆(英国索尔兹伯里教区的古罗马名)主教罗杰(Roger)于 12 世纪确立起来的"威严的结构"，这结构"气势恢宏，记忆空间广阔"，为"留在石刻里面的记忆"。

②　参见 Saintsbury《英国批评史》，前揭，页 39ff.，70 ff.。

洲大陆的关系：英格兰与法兰西，亦或者，更加象征性的层面上，英格兰与意大利。拒绝希腊与拉丁语范例基础上的音量诗，赞成诗格韵律，这引起一项知识独立于欧洲大陆的宣言。"野蛮的"因此成为一个具有正面意义的词，一个骄傲的标识。

可是后来，法国史学家费尔南·布罗代尔曾写道，英格兰变成了一座岛屿。① 具有讽刺意味的是，这位以世纪或几世纪为单位的长时段历史研究学派紧密联系的历史学家，这里所指的却是一个典型的事件，尽管是一件具有象征性价值的事件：法兰西攻下了加莱。然而，也许可以称为英格兰岛屿化的，是一个过程，而非事件：一个漫长的过程，牵涉到发生在许多层面上的自我反思。为诗格韵律的辩护，正如我尽力证明的，在这个过程中，起到了一个并不很重要却很明显的作用。

---

① F. Braudel,《15 至 18 世纪的物质文明、经济和资本主义》(*Civilisation matérielle, économie et capitalism, XVe-XVIIIe siècles*)第 3 卷《世界的时间》*Les Temps du monde*, vol. 3 (Paris, 1979)，页 302。

第三章

寻根求源：重读《项迪传》
A Search for Origins：Rereading Tristram Shandy

1

　　初看起来,这章的主题,劳伦斯·斯特恩的《项迪传》,似乎与先
前两章并不关联,但这只是表面情形。首先,我所有的"世界视野中
的英国文学四论"——这正是这本书的副标题,都是关于不同文本框架
下、欧洲大陆视野中的一座岛屿——或者为虚构的岛屿,比如莫尔的
《乌托邦》;或者为真实的岛屿,比如实际上的英格兰。其次,也更重
要的是,每一章都集中讨论虚构与事实之间的关系,强调——与所有
叙述最终皆为虚构的常识不同——这二者之间微妙的、常引发争议
的互相替换。如我所论证过的,莫尔那座通过想象虚构出来的岛屿,
使得他从一个非常不合常规的角度来看英国社会及其最近的发展。
第二章里,我展示了在英国征服全世界的早期阶段,一些作者如何将
诗格韵律作为一个野蛮的技艺为之辩护,并与欧洲大陆相比,由此强
调英格兰的岛屿化。这一章里,我会从一个不同的角度,同样也是以
欧洲大陆为视野,来看待虚构性与事实性文本之间的关系。

　　《项迪传》的前六卷是于 1760 与 1761 年之间先后迅速出版的,
极受欢迎。在第六卷的结尾,即第四十章,斯特恩回顾性地讲到他正
在写的这本书。每个斯特恩的读者都很熟悉这段话,它提供给我们
一个合适的出发点:

　　　　我现在开始颇算进入工作状态;并且,每餐吃素菜,中间还感
　　冒过几次,我毫不怀疑我能以过得去的直线型接着讲我叔叔托比

的故事,也有我自己的故事。目前为止,这是我第一、第二、第三、第四卷中曲曲弯弯地所讲故事的四条线——第五卷中我讲得很好,——我在那卷中讲故事的线准确地讲,是这样的:看起来是,除了那个标着 A 的曲弯处,我是在那里去了一趟纳瓦拉,——以及那犬牙交错的 B 处,我当时和鲍西艾尔女士及她的随从在一起,稍微活动耍闹了一下,——我一点儿都没有贪图快乐开小差,直到约翰·德·拉·卡斯的那些捣蛋鬼引我绕圈儿至标为 D 的地方——因为,至于那些说 *ccccc*,它们只是圆括弧,最伟大的国家大臣生活中附带性的常见的盛衰浮沉;与人们所做过的事情相比,——或者与我自己不守规矩的标为字母 ABD 的地方比——它们就算不上啥了。

这最后一卷中,我还是表现得比先前乖些——因为自从勒·费厄那事儿结束后,到我叔叔托比的竞选活动开始,——我简直没有跨出我故事之外一码。

如果我以这样的速度改进,这不是没有可能——凭着那些永不会见到的贝内维托的捣蛋鬼们起誓——但我也可能以后到达那里,就是目前的速度;那就是我画的最直接的一条线,用书法老师傅的直尺,(借来就是为了画这个的)既不向右手边转也不向左手边转。

就是**这**条线,——基督徒行走的道路!神学家们说——

——道德上诚实正直的象征!西塞罗说——

最好的一条线!那些种白菜的说——是最短的一条线,阿基米德说,可以从固定的某点画到另外一点。①

---

① L. Sterne,《项迪传》(*The Life and Opinions of Tristram Shandy Gentleman*),ed. G. Petrie, with an introduction by C. Hicks (Harmondsworth, 1984),页453—455。

在评论这段话之前，我想先讲清楚第六卷中那些讽刺性的描述。那段落里，叙述者说，"我简直没有跨出我故事之外一码"。除了其他事情，那一卷内容包括有一段离题的部分，是项迪先生和他夫人讨论他们孩子的马裤儿的，整个第十九章都是关于这个讨论。描述是这样开始的：

> 我父亲就马裤事务与我母亲辩论之后，——他就此事请教阿尔伯特·鲁宾尼邬斯;阿尔伯特·鲁宾尼邬斯在此事上面给我父亲的建议（如果算得上的话），比我父亲给我母亲的建议，差十倍还不止;正因为鲁宾尼邬斯写过四开大的一项辉煌著作，《论衣着习俗》，——所以在这件事儿上，传给我父亲一些知识，那是鲁宾尼邬斯的正经事儿。——事实却相反，我父亲若是能从邋邋懒惰的人那里得总结出基督徒所相信的七宗主要德行的话，——他也许就有可能从这位鲁宾尼邬斯身上得到这个话题的一星点儿知识。
>
> 关于古代的每一件服饰，鲁宾尼邬斯对我父亲确实是知无不言;——向他原原本本、令人满意地讲述。
>
> 拖珈["Toga,"——译者注]，即古罗马的宽外袍。
>
> 古希腊男人穿的短斗篷。
>
> 犹太教大祭司的法衣。
>
> 突尼卡["Tunica,"——译者注]，即古罗马的短上衣……①

47

这个地方，斯特恩用表格列了两页，从马裤一直到鞋子。

---

① L. Sterne,《项迪传》(*The Life and Opinions of Tristram Shandy Gentleman*)，ed. G. Petrie，with an introduction by C. Hicks (Harmondsworth, 1984)，页424。

毋庸置疑,1761 年读到这两段的读者遭遇的是一个奇特的现象,它特意违反了当时对什么算作一本书的隐含着的期待。确实,这件文化作品现在看起来依然非同寻常。《项迪传》是一部小说吗? 是什么历史文化使《项迪传》成为可能?

2

1917 年,俄国形式主义著名人物之一维克多·什克洛夫斯基曾以最坚决的方式回答了这个问题:"《项迪传》是世界文学中最典型的小说",他在一篇题为"作为戏仿的小说:斯特恩的《项迪传》"文章的结尾处写道。这篇文章收进他的文集《散文理论》。[①] 这些话现在远没有八十年前听起来令人震惊;今天,更多的人愿意将叙述的自反性作为小说文体的标志,更多的人认为《唐吉珂德》是第一部现代小说。什克洛夫斯基并不是对"是什么历史文化使《项迪传》成为可能?"这个问题特别感兴趣,虽然他也提到了塞万提斯。

48 　　文章里,他只是沿着斯特恩走过的脚步,而后者是以他直接明白的方式这样唤起他文学上的前辈们的:"以卢西安的墓碑石起誓——如果存在的话,——如果本来就没有,就以他的骨灰起誓好了! 以我挚爱的拉伯雷的骨灰,还有更挚爱的塞万提斯的骨灰……"[②]

---

① V. Shklovsky,《散文理论》(*Theory of Prose*), trans. B. Sher (Normal, Ill., 1990),页 147－170,尤其是页 170。

② Sterne,《项迪传》,前揭,页 201。他本可以将蒙田列到这个单子上;参见 J. Lamb,《斯特恩对蒙田的使用》(Sterne's Use of Montaigne),*Comparative Literature* 32 (1980):页 1－41。

可以这样来认为：上面所引的斯特恩的《项迪传》中这两段话里最突出的、令人不安的一些特征分别是效仿了拉伯雷（对博学的嘲弄）和塞万提斯（叙述声音的干扰）。[①] 当然，如果 16 世纪初伊拉斯谟和托马斯·莫尔没有重新发现萨莫萨塔的希腊名人卢西安，产生拉伯雷与塞万提斯这样的人物也就成为不可思议的了。但是，拉伯雷和塞万提斯（或者，顺带地，卢西安）还都不能被援引为《项迪传》最引人注目特征的先例——这小说最大的特征是没有真正的情节。《项迪传》第七卷的箴言（取自小普林尼，V，6）适用于整部书：*Non enim excursus hic eius, sed opus ipsum est*（意思是：这不是离开主题的闲话，这就是主题）。斯特恩同意霍迦斯的信念，即美意味着多样化，它的线条应该是弯弯曲曲的，如一条蛇一般；他应该会赞同据说为英国花园之父威廉·肯特的箴言，即"自然界憎恶直线"。[②] 《项迪传》这部

---

① T. W. Jefferson，《斯特恩与文人雅士的传统》(Sterne and the Tradition of Learned Wit)，收入 *Essays in Criticism* 1 (1951)，页 225－248；W. C. Booth，《〈项迪传〉以前喜剧小说里的自我反思型的叙述者》(The Self-Conscious Narrator in Comic Fiction Before *Tristram Shandy*)，收入 *PMLA* 67(1952)：163－185；B. L. Greenberg，《斯特恩与钱伯斯的〈百科全书〉》(Sterne and Chambers' Encyclopaedia)，收入 *Modern Language Notes* 49 (1954)：560－562。

② L. Sterne，《项迪传》，前揭，页 137－139。关于提及霍迦斯《美的分析》(Analysis of Beauty)(1753)部分，同时参见《项迪传》页 123－124。霍迦斯这本书的箴言来自弥尔顿的《失乐园》(*Paradise Lost*, book 9, II. 516－518)，指的是那条蛇（即撒旦）的美。肯特的这条箴言沃波尔(Walpole)提到过：参见他的《园艺中现代趣味的历史》(*History of Modern Taste in Gardening*)，introduced by J. D. Hunt (New York, 1995)，页 49。同时参见 M. Jourdain《威廉·肯特作品》(*The Work of William Kent*)(伦敦，1948)，页 20－24。斯特恩肯定熟悉建立堡垒的技术词语"矮墙"(ha-ha)：以壕沟来替代城墙，以此围起一处花园，这被肯特称为"关键的一笔"（参见 Jourdain《作品集》[*The Work*]，页 74－75，参见 Le Blond，《园艺》[*Gardening*][1712]，trans. G. James [London，1712]）；"矮墙"的一般相关性为 G. Carabelli 恰当地强调到，《论休谟与 18 世纪美学：荡秋千的哲学家》(*On Hume and Eighteenth-Century Aesthetics: The Philosopher on a Swing*)，G. Krakover Hall (New York, 1995)，页 91ff。

小说充满不可预料的离题情节。① 那么,到底是什么使得它成为可能
的呢?

3

"洛克的《人类理智论》,"格雷厄姆·皮特里写道,附和长时间以
来广泛同意的一项预设,"提出了观念形成先后次序的各项理论,这
些深刻影响了斯特恩。这理论也形成了《项迪传》看起来很随意的结
构的基础。"②这个意见的根据却像是斯特恩自己的评论,即小说开端
49 处所描写的那项给钟表上发条与性交之间的关联是那种"观念之间
奇怪的结合",这种结合正是"那睿智的洛克,他肯定对于这些事情本
质的理解胜于多数人,是他确定产生了许多作弄人的行为,比其他任
何偏见的原因产生的古怪行为都要多"。③ 然而仅凭这条评论就足以
将《项迪传》那奇特的结构归因于洛克思想的影响吗? 许多学者都是

---

① 关于这个重要话题的介绍,参见 W. B. Piper,《项迪的离题艺术》(Tristram
Shandy's Digressive Artistry),收入 *Studies in English Literature* 1, no. 3(summer
1961):页 65—76。

② 参见斯特恩,《项迪传》,页 616—617。同时参见页 617:"斯特恩使用这后
一个观念(即观点的系列)来解释他人物的许多稀奇古怪的行为和对话,来解释小说
中发生的时间、地点令人眼花缭乱的转换。"参见 P. M. Briggs,《洛克的〈人类理智
论〉以及项迪角色的临时性》(Locke's *Essay* and the Tentativeness of Tristram
Shandy),收入 *Studies in Philology* 82 (1985):493—520(附有一份参考书目)。有
警告意义的注解为 D. Maskell 提到,《洛克与斯特恩,或者,哲学能否影响文学?》,收
入 *Essays in Criticism* 23 (1973):22—39;以及 W. G. Day,《〈项迪传〉:洛克也许
并不是关键》(*Tristram Shandy*: Locke May Not Be the Ley),收入 V. G. Myer,*Law-
rence Sterne: Riddles and Mysteries* (London,1984),页 75—83。

③ 斯特恩,《项迪传》,前揭,页 39。

如此认为的,反对的声音却寥寥无几。

另外一处完全不同的证据像是附和斯特恩对他和洛克关系的自我判断;它来自多米尼克—约瑟夫·盖拉特的回忆录。这本回忆录1821年巴黎出版,作者是位不太有名的法国作家和政治家。他记录了半个世纪以前在巴黎发生的一场对话,谈话的双方分别是斯特恩与休谟的法文译者让—巴普缇斯特—安托万·胥阿尔。斯特恩被要求解释他独创观点的来源,他提到三件事情:(1)他自己的想象力与理解力;(2)每天阅读圣经;以及(3)对"洛克长久的研读,他自年轻时代就开始,并一直在做。他跟胥阿尔说,任何知道洛克的人,都可能发现这位哲学家那指导性的原则充满于'他[此处指斯特恩,——译者注]所有的篇章、所有的字列、所有的表达中。'"①而后,洛克的哲学被定义为"一种太过宗教的哲学,不敢于解释各种感觉的奇迹……一种神圣的哲学,没有它,真正普世的宗教、真正的道德感、或者人类对自然真正的控制,都不会可能"。②

---

① K. MacLean,《约翰·洛克与18世纪的英国文学》(*John Locke and English Literature of the Eighteenth Century*)(New Haven,1936),页17,引自 W. L. Cross,《劳伦斯·斯特恩的生活与时代》(*Life and Times of Laurence Sterne*)(New Haven,1929),页301—392,引自 D. - J. Garat,《历史记忆:有关18世纪,有关胥阿尔先生》(*Mémoires historiques sur le XVIIIème siècle, et sur M. Suard*),2nd ed., 2 vols. (Paris,1821),页148—149。同时参见 J. - Cl. David,《1784年瑞士的一次旅行:让—巴普缇斯特—安托万·胥阿尔及其夫人的十四封未刊信》(Un voyage en Suisse en 1784:Quatorze lettres inédites de Jean Baptiste Antoine Suard et de sa femme),收入 *Studies on Voltaire and the Eighteenth Century* 292 (1991):367—422。

② D. - J. Garat,《历史记忆》,前揭,页148—149:"这个哲学即,那些有知识的人认识到她在哪里,她就秘密地引导所有,在这所有的页码、字行和有关表达的选择中重新发现和感知;这个宗教色彩太重的哲学家想要解释感觉的奇迹,然而她不能冒冒失失地向上帝要求理性的解释和数目的计算,不能发展所有理解的诀窍,不能避免错误,不能达成可以理解的真理;哲学家圣人,他们没有神秘的光晕,在地球之上从来没有真正普世的宗教,没有真正的道德,没有对于人类真正的力量。"

后来者并不清楚,关于洛克神圣哲学的这条评论,是出于斯特恩、胥阿尔还是盖拉特之口。① 实际上,这整个的故事叙述听起来就不可靠,全都不是直接引用;而且,1764 年之后,即斯特恩与胥阿尔这次可疑的谈话之后,法国以及整个欧洲发生了太多事情。在英国王政复辟时期的政治气氛中,将洛克描述为一位虔诚的、拘谨的哲学家太不具有诱惑性了,是不可能的。可是这样虔诚的、拘谨的形象正是据称为法国大革命搭起舞台的大胆无畏的启蒙思想家们的对立面。所以,若是不考虑这条边缘的、可疑的证据,也许会更好。约里克的声音,也就是作家斯特恩的文本中的代言者,就表达了一项不太那么恭敬的态度:"才智与判断力在这个世界上互不相容;它们是两种完全不同于彼此的活动,之间的距离就如东与西之隔。——洛克是这样说的,——就像放屁和打嗝是两件完全不同的事情,我这样来说吧。"②

据《斯特恩的哲学修辞》一书的作者 J. 特劳格特的观点,洛克的《人类理智论》是"《项迪传》形式上的根据"。然而,甚至特劳格特也最终承认说后者臭名昭著的"偏离主题(而且此书中除此之外就别无其他)一定是被一些观念的关联产生的——毫无疑问是这样的,因为将观念连接起来正是使之产生关联——然而那不是洛克的观念的关联"。这同一名批评家还谈及"斯特恩对洛克的怀疑性的发展。"③如果洛克的《人类理智论》是一条错误的轨迹—我相信是这样的,那么,

① 有关这点,已经为 B. McCrea 所提及,《该是真实的故事? 洛克,斯特恩以及〈项迪传〉》(Stories That Should Be True? Locke, Sterne, and *Tristram Shandy*),收录入 *Approaches to Teaching Sterne's Tristram Shandy*, ed. M. New, (New York, 1989),页 94—100,尤其是页 98。

② 斯特恩《项迪传》,前揭,页 202—203。

③ J. Traugott,《项迪的世界:斯特恩的哲学修辞》(*Tristram Shandy's World: Sterne's Philosophical Rhetoric*)(Berkeley, 1954),页 30,45,40。

去找出使斯特恩的计划成为可能的理由至少是文学上的挑战,这理由若不是"形式上的根据",那我们应该转向何处去找呢?

4

我的答案是这样的:《项迪传》作为虚构的形式基本上是对皮埃尔·培尔《历史与批判辞典》所提供的一系列选择的反应,这样的反应既是在内容上又是在其奇特的结构上的。斯特恩与培尔之间的联系以前也有人指出过。一段时间以前,F. 多尔蒂在一篇很大程度上被忽视的却具开创性的文章中,探索了培尔《辞典》的英语翻译对斯特恩的影响。后者曾与 1752 年从敏斯特图书馆中借到这个英译本,借了十个月。"从我可以收集到的材料看,"多尔蒂写道,"斯特恩意识到可以从培尔《辞典》中摘录粗鄙下流的片段,这样来使他自己《项迪传》中的故事讲法复杂化,他觉得这是一个玩笑。他喜欢开这个玩笑,将那本巨著看作是人类荒谬的又一座纪念碑,那里面的炫耀与书页可与伯顿的《忧郁的剖析》相媲美。然而,这远远不止是故事的全部,"他接着写道,"因为项迪先生正是那类人,特里斯特拉姆可以将这类离奇的学识与沉重的内容与其联系起来,斯特恩才因此喜欢用培尔来反对'我的父亲。'"①

---

① F. Doherty,《培尔与〈项迪传〉:"车载的化学药物与逍遥漫步"》(Stage-loads of chymical nostrums and peripatetic lumber),收入 *Neophilologus* 58(1974):339－348,尤其是页 339。有意思的是,《斯特恩的〈项迪传〉教学法》(*Approaches to Teaching Sterne's Tristram Shandy*)中并没有提及这篇文章。这个《教学法》是美国现代语言学会发表的一份调查,上面注解 12 提到。

　　我不会考虑最后一项观察,因为叙述者的视角未必与斯特恩的
视角重合。多尔蒂的结论与我的也不同,很大程度上是因为那些结
论只关系小说的内容,却忽视了它的形式结构。我的观点是,在结构
中,斯特恩对培尔的利用目的超过了多尔蒂说的"使他自己《项迪传》
中的故事讲法复杂化"。我集中在三个问题上:(a)偏离主题的部分;
(b)诲淫的部分;以及(c)对时间的处理。

5

　　培尔偏爱散漫的离题,这广为人知。他在《关于彗星各式各样
的想法》中自豪地坦白说:"我不知道一个正常的想法是什么样的;
我总乐意改变;我常将我的主题抛在一边;我跳入陌生的地方,沿着
不可预知不知通向何处的偏僻道路,思考每件事情都保持规律性和
方法的博学之士会轻而易举地对我失去耐心。"① 针对这些习惯培
尔找到了一个合适的排遣途径,这就是使他闻名欧洲的那项事业,即
他的《历史与批判辞典》。培尔原先的计划也并非野心勃勃:只是一
个他在更早的百科辞典中——比如莫雷里的——发现的事实性错误列

---

　　① 原文为"Je ne sai ce que c'est de méditer regulièrement sur une chose: je
prens le change fort aisément; je m'écarte très-souvent de mon sujet; je sauté dans
des lieux don't on auroit bien de la peine à deviner les chemins, et je suis fort proper
à faire perdre patience à un Docteur qui veut de la method et de la regularité par-
tout",(P. Bayle,《各种作品》[Oeuvres diverses] [1737],3:9,被 R. Whelan 引用到
他的书《迷信的剖析:皮埃尔·培尔的历史理论及实践研究》[The Anatomy of Su-
perstition: A Study of the Historical Theory and Practice of Pierre Bayle],[Oxford,
1989],页 185)。

表。长年累月不懈的、孤独的工作却产生出这么一部四卷对开的浩繁卷帙。我使用的这个版本共有 3269 页,1741 年巴塞尔出版,其中大部分为小号字体印刷,这样排版的理由我会马上解释。这书里面其中的每一页都侵染着培尔追求真理的热情,这是起自事实性的真理。①

每个词条的正文都由一个三阶系统的注脚包围:小写的 *a*、*b*、*c* 等是对正文的注脚;大写的 *A*、*B*、*C* 等是对稍长一点评论的注脚;那些标着 1、2、3 等的是对普通评论的注脚。有时候,为了清楚起见,也加上其他的印刷字母,比如星号或者十字型记号。

培尔《辞典》聪明的印刷安排是一种改良过的版本安排,始自以前两例权威性的、也许相关的典型版本:一例是由犹太法典启发的注释版本的圣经,另一例是受罗马皇帝贾斯蒂尼安启发的注释版本的《法学汇纂》,后者是罗马法学家著述的汇编。② 但是这种印刷版式样上的类比最终是欺骗性的,不会有建设性成果的。圣经、犹太法典以及《法学汇纂》中,文本与注解之间的关系是向心的,是以文本的正文为中心的。培尔的《辞典》中文本与注解之间的关系是离心的。德·迈奏在他写的带着敬意的培尔的传记中,承认说:"有时候那文本正文看起来像是为了评论的原因才出现的。"③ 是的,培尔常在附于一

52
53

---

① E. Cassirer,《启蒙的哲学》(Der Philosophie der Aufklärung),2d ed. (Tübingen, 1932),页 269ff. 参见 M. Völkel,"《关于皮埃尔·培尔辞典中的'文本逻辑'》(Zur 'Text-Logik' im Dictionnaire von Pierre Bayle: Eine historisch-kritis-che Untersuchung des Artikels *Lipsium* [*Lipse, Juste*]),"收入 *Lias* 20 (1993): 193—226。同时参见 A. Grafton 的《脚注小史》(The Footnote: A Curious History)(Cambridge, Mass., 1997)。

② *Digestum Vetus* (Venice, 1488—1490), c. br.

③ Des Maizeaux,《培尔的一生》(The Life of Mr. Bayle),收入 P. Bayle,《历史与批判辞典》(The Dictionary Historical and Critical ...),trans. Des Maizeaux, 2d ed., 5 vols. (London, 1734—1738), 1:lxxvi。

些不太瞩目的文章的长长的注解中,隐藏自己最大胆的怀疑性的评论。然而他认为对真理的追求,即使那是不重要和琐碎的真理,本身也就是目的。对培尔来说,真理,就是说,是不可分隔的。《辞典》印刷版式上的安排给每一位读者检查核对培尔的机会,就如培尔每天、每处引述、每项信息都核实过一样,给每一位读者分享培尔朝向事实的(或者错误的)源头逆向地与枝节横生地查询的机会。而培尔总是这场游戏绝对的主人:他举止像独裁者,局限与约束奈何不了他。他《辞典》中某项条目可以超过十八对开页(比如那条关于斯宾诺莎的)或者只有几行。在注解的迷宫中,各种各样的主题都可能会突然出现:比如,在"奥维德"的条目中有一段关于笛卡尔宇宙学的讨论,在"索蒙娜—科德姆[暹罗语中对释迦牟尼的称呼,——译者注]"的条目中有一场辩论,讨论的是不相信上帝而过德行生活的可能性,而此辞典条目致献给某位从暹罗来的一位默默无闻的信教者。

斯特恩的小说也具有培尔的自由度,不受限制。特里斯特拉姆·项迪寻求他作为单个人的出身也循着逆向与枝节横生的途径,将培尔那不循常规的博学研究的方法调换到一个虚构的层面上。[1]斯特恩的图表实际上是对培尔《辞典》开着玩笑表达着敬意。双阶的注释系统(A,c)是对培尔三阶系统的模仿。而且,多尔蒂在斯特恩对图表的评论里,挖出一条隐藏着的对培尔《辞典》的影射:"我一点儿都没有贪图快乐开小差,直到约翰·德·拉·卡斯的那些捣蛋鬼引我绕圈儿至标为 D 的地方。"约翰·德·拉·卡斯即是乔瓦

54
55

---

① H. Kenner,《福楼拜、乔伊斯和贝克特:斯多葛主义的喜剧家》(*Flaubert, Joyce, and Beckett: The Stoic Comedians*)(London, 1964)。

尼·德拉·卡萨，曾为贝内维托的大主教，是那本有名的关于礼仪 56
的书《着装》的作者。培尔带着愤慨的语调（几乎不能掩盖他明显的
津津乐道）回忆说，德拉·卡萨大主教年轻的时候曾写过一首诗，题
为"炉灶篇"，在那诗里，后来的主教承认自己偶尔沉浸在鸡奸的快
感中。①

6

这把我带到下一个话题：诲淫、淫秽的地方。多尔蒂对斯特恩
一处几乎是私人性质的玩笑讲得很清楚，《项迪传》的读者都会为此
而感激。但我所要证明的观点意义更大一些，因为它跟小说的整体
建构而不是某具体篇章的内容相关。

培尔对他《辞典》的许多条目都佐以长长的（也常常是极有趣的）
引文，一般情况下这些引文是拉丁文，来处理与性问题有关的。在这
些长引文里，伊丽莎白·拉布鲁斯发现了隐藏着的一个清教徒在性
问题上态度的蛛丝马迹，这些发现有些地方对有些地方错②。培尔拿
出一节很长的说明（英文对开本的译本中有二十多页），取了个标题
为"即，若此书中有淫秽之处，也是不能被责难的那种。"③对那些争辩
说作者们应该避免粗鄙词语和淫荡措辞的，培尔将这样的观点推至

---

① Doherty，《培尔与〈项迪传〉》(Bayle and *Tristram Shandy*)，页343。参见
培尔《历史与批判辞典》，前揭，词条"Vayer (Francis de la Mothe le)，"评论"E，"5：
422。
② E. Labrousse，《皮埃尔·培尔》(La Haye，1963)1：150—151，页253。
③ Bayle，《历史与批判辞典》，前揭，5：837—858。

极致，来表达他的反对态度。他引用莫里哀的戏剧《〈太太学堂〉的批评》，那里面一群女才子们在讨论同一作者前一部戏剧《太太学堂》中所谓的淫秽部分："那些淫秽的部分，感谢神，"一位女才子说道，"赤裸裸地明摆着，一点儿没遮掩：最胆大无畏的也被这样的一丝不挂吓到……那一幕中的一段，艾格尼斯提到从她那里可得到什么，就足以证明我所说的。哇……难道我们说的那段艾格尼斯的话不正是明显违反了朴素谦逊的品德？"

另一位女才子回答说："一点儿也不。艾格尼斯所说的都是朴素的谦逊的；如果你决心这样做，觉得她话里有话，那淫秽下流是始自于你，而非她，因为她说的只是有人从她那里拿的一条缎带。"

"啊！你尽管说说缎带的事情；可是她停止不说话地方的那'我的'并非白说而没别的意思：它引发奇怪的想法；那个'我的'是令人愤怒地觉得可耻；你说啥都不能为那个'我的'表达的厚颜无耻辩护。那词里有无法忍受的下流淫秽。"①

培尔对这次对话评论了两次，这两次评论的前后间隔很小。在

---

① 同上．，5：842(trans. Des Maizeaux).参见 Molière，《〈太太学堂〉的批评》(*La critique de l'Ecoles de l'Ecoles de l'Femmes*)，收入《作品集》(*Oeuvres*)，ed. E. Despois (Paris，1876)，3：325—326；"Uranie: 'Non，vraiment. Elle ne dit pas un mot qui de soi ne soit fort honnête; et si vous voulez entendre dessous quelque autre chose，c'est vous qui faites l'ordure，et non pas elle，puisqu'elle parle seulement d'un ruban qu'on lui a pris.' Climène: 'Ah! Ruban tant qu'il vous plaira; mais ce *le*，ou elle s'arrête，n'est pas mis pour des prunes. Il vient sur ce *le* d'étranges pensées. Ce *le* scandalise furieusement; et，quoi que vous puissiez dire vous ne sauriez defender l'insolence de ce *le*.' Elise: 'Il est vrai，ma Cousine，je suis pour Madame contre ce *le*. Ce *le* est insolent au dernier point，et vous avez tort de defender ce *le*.' Climène: 'Il a une obscenité qui n'est pas supportable.'"E. Auerbach 的评语"莫里哀从不猥亵淫荡"(《模仿论：西方文学中所描绘的现实》[Mimesis: The Representation of Reality in Western Literature]，trans. W. R. Trask [Princeton，1953]，页399)至少在这里听起来并不那么令人信服。

一处附注里他写道:"我观察到,在莫里哀的这段里,每个人都想听到艾格尼斯说,有人取走了她的处女膜;这挑起一个非常猥亵的想法。"于是,培尔在正文中接着写道:"那次交谈,虽然从未如此不切题,会是正当和诚恳的,根据这项原则,所有亵渎想象的词,也就是说,那些意指下流事物的,都应搁置一旁。"①

培尔展开了这项原则荒谬的涵义,得意地下结论说,最淫秽的与最娇羞的语言之间并无差别,因为一切都取决于读者(或听者)的反应。斯特恩以各种不同的方法来探究这个观念:有一页白纸上请《项迪传》的读者来画上韦德曼寡妇那风姿绰约的特征("坐下来,先生,以你脑中所想来画她——尽量像你的情人——尽量不像你的妻子,只要你良心允许——对我来说,就是这一位——请投入你的幻想")②,有特里姆下士追求布丽姬特夫人的描述。③ 这两个例子中,以及许多其他的例子中,都有项基本的原则。这原则约里克是以不同的语气在他的一次布道中清楚地讲出来的:"只给出故事的梗概,——让坏脾气与假正经捉住笔,他们讲完这个故事,笔划生硬粗陋,色调肮脏污秽,礼貌与直率望到它,会痛苦地被容纳。"④读者积

———————————

①　培尔,《历史与批判辞典》,前揭,5:842,页 842 上的注解 32。

②　斯特恩,《项迪传》,前揭,页 45—51。同时参见 Carabelli《论休谟与 18 世纪美学:荡秋千的哲学家》,前揭,页 143。Carabelli 谈到空白地方以及审查制度,提及 C. G. Coqueley de Chaussepierre 的 *Le roué vertueux*(1770)(我还没看到这本)。同时参见 R. Alter,《项迪与爱情游戏》(Tristram Shandy and the Game of Love),收入 *American Scholar* 37 (1968):316—323。

③　同上,页 609。有关委婉语和疏远部分,同时参见 Shklovsky,《散文理论》,前揭,页 163 ff.。

④　L. Sterne,《作品集》(*Works*)(Dublin,1774),4:264(《布道文》(*Sermon*)18,有关《士师记》(Judges)12:1—3)。

58 极参与到文本的生产中,有效地平衡不受限制的叙述者那专横的
59 任性。①

7

60   叙述者与读者之间的关系正是斯特恩《项迪传》中对时间处理的
重点,也许是整部小说争论最多的特征。② 读者对时间的经历与叙述
者呈现的时间之间的差距,在下面这段常被引用的一节里,达到了一
处高潮:

        我这月比十二个月之前的这个时候大了整一岁;也几乎写到
    了,如您所察觉,我几乎在第四卷的中间——还在写我出生那天的

------

    ①   参见 E. H. Gombrich,《艺术与错觉》(*Art and Illusion*)(London,1960),页
181—202,是关于 A. Cozens 的为人熟知的一本书《风景构图绘画中辅助发明的一
项新方法》(*A New Method of Assisting the Invention in Drawing Original Compo-
sition of Landscape*),是较晚时期(1785)艺术家与公众之间互相沟通交流的绘画理
论的一项发展。
    ②   参见斯特恩,《项迪传》(*Tristram Shandy*),页 122—123。"自从托比叔叔
按了门铃之后,这一个半小时的阅读还勉强凑合,这时候俄蒂阿被吩咐骑上马,去
找那位接生的大夫斯洛普医生;——这样的话,就没人会不讲理地说我没有给俄巴
蒂阿足够的时间,从诗学上考虑到这紧急情况的性质,他来去的时间是足够的;——
虽然,事实上,凭良心讲,这人也许几乎都没时间穿上靴子。若有哪位挑剔的批评家
对这件事情不罢休;下定决心拿起一个钟摆,要衡量按门铃和敲门之间真正的时间
距离;——并且,发现这段距离不过是两分钟、三十秒、又五分之三秒,——那这样的
话,这位批评家定会责难我破坏了时间的连贯性和概率性;——那么,我会提醒他
说,时间的连续性及其简单的模式都只是来自于我们观念的连续性,——这才是真
正有学术分量的钟摆,——作为一名学者,我会遵守这样的规则——而弃绝其他各
样的钟摆。"

事儿——很明白,我现在又正多了三百六十四天的生活可以写,与我开始写的那一天比起来;以至于,不像一般作者那样,在我作品里接着我一直做的往前写——相反,我刚被往回丢了这么多卷——难道我生活中的每一天都会像这第一天那么忙碌吗?——而为什么不呢?——每天的蝇营狗苟、牢骚意见也同样会花去那么多的描述——而又有什么理由可以长话短说?正是在这样的速度下,我应该生活的节奏,是我应该书写节奏的 364 倍——因此之故,也讨好了阁下各位的是,我写得越多,我越有更多的要写——结果就是,阁下您读得越多,您也就有更多的要读。①

极不普通的这段话——"将小说的形式本身简化为荒谬",伊安·瓦特论断说②——将阿基里斯与乌龟的那个著名论证转换为叙述者与读者之间的关系。我们从亚里士多德处得知,那个论证是由埃里亚的芝诺提出的。我们又一次想到培尔,他的那个"埃里亚的芝诺"条目是整个《辞典》中最具有哲学深度的之一。顺便说一句,有则轶事(培尔在其"芝诺"辞典条目的结尾处斥之为不足为信)说犬儒主义者第欧根尼只以简单的实际走路行动就推翻了那些巧妙的否定运动的论证,我怀疑这轶事也许并没有启发《项迪传》中特里姆下士那

61
62

---

① 同上,页286。参见 V. Shklovsky,《散文理论》,前揭,页154 ff.;J. - J. Mayoux,《项迪传中时间观念的变化》(Variations on the Time-sense in Tristram Shandy),收入 *The Winged Skull: Papers from the Laurence Sterne Bicentenary Conference*,ed. A. H. Cash and J. M. Stedmond (London, 1971),页3—18,尤其是页14。

② I. Watt,《现代小说的兴起:笛福、理查逊和菲尔丁研究》(*The Rise of the Novel: Studies in Defoe, Richardson and Fielding*)(London, 1967),页292,指的是 J. Traugott 的《项迪的世界》(*Tristram Shandy's World*),以及 E. Tuveson 的《作为恩典形式的想象力》(*The Imagination as a Means of Grace*)(Berkeley, 1960)。

有名的趣事,即他边大叫"当人有空的时候",边"挥动他的棍子[或者可以译为"肉棒"——译者注]弄出这样的动作"。紧接着是一项评论,说道:"我父亲非常细致的一千次的论证也不能比这更能说明什么是独身生活。"①

芝诺论证的涵义和困难之处在第 F 评论里得到广泛的讨论。而第 F 评论,正如培尔注意到的,可被认为是对《辞典》中另一个条目"(希腊哲学家)皮洛"的补充。我自己先扯段闲话,再来从这个条目中摘一段引文出来。

8

一些年之前,伊安·瓦特评论说:"最近的研究显示,有足够的根据认为《项迪传》是一场最具包容性的文学表达运动,那场运动最伟大的哲学代表人物是大卫·休谟。"②然而,据我所知,还没有人断言,1764 年这两个人(指休谟和斯特恩——译者注)巴黎相见之前,休谟的作品对斯特恩有过什么直接的影响。实际上,他们各自方法中的相似之处可以解释为对于同一个引起智识兴奋的事物的互相类似的反应:即培尔的《辞典》。

年轻的休谟与培尔的作品相遇在"通往(皮洛提出的)绝对怀疑

---

① 斯特恩,《项迪传》,前揭,页 576。同上参见培尔,《历史与批判辞典》,"埃里亚的芝诺"那个条目,以及评论 K 项,5:618—619。

② I. Watt,《〈项迪传〉的喜剧秩序排列》(The Comic Syntax of "Tristram Shandy"),收入 Studies in Criticism and Aesthetics,1660—1800:Essays in Honor of Samuel Holt Monk,ed. H. Anderson and J. S. Shea (Mineapolis, 1967),页 315—333。

主义的大路上"，如果我们借用理查德·伯普金一本文集的标题来说的话。这在今天被认为是西方思想史上的一个关键事件。[①] 五十年以前，诺曼·坎普·史密斯在他开创性的著作中，集中讨论了培尔对休谟的时空观的影响，尤其是通过他《辞典》中"埃里亚的芝诺"那个词目。[②] 然而，那相关的词目"皮洛"，评论 B，也许能进一步说明休谟对培尔的利用。培尔，靠着他特别偏好的文学技巧，筹划了一场据说发生过的对话。对话双方是：

> 两名修道院院长，一名只有常人水平的学识，另一名是卓著的哲学者……前者说道，以多少冷淡的口气，他原谅那些异教徒哲学家，他们游弋于对自己观点的不确定中；然而他不能理解，在圣经福音的光照下，怎会有绝对怀疑主义者。后者对此作答，你以此推理，是错的。若阿凯西劳斯重返人间，与我们的神学家们辩论，比之于他跟古希腊那些教条主义者的辩论，他会千倍地优秀：基督神学提供给他许多无可回答的论题。[③]

初看起来，这段话的意思很清楚。培尔指出基督教神学在回应怀疑主义传统论题上的薄弱，他强调的是人类理性对于理解信仰神

----

① R. H. Popkin，《培尔与休谟》(Bayle and Hume)，收入他的 *The High Road to Pyrrhonism*，ed. R. A. Watson and J. E. Force (San Diego，1980)，页 149－159。

② 参见 N. Kemp Smith，《大卫·休谟的哲学》(*The Philosophy of David Hume*)(London，1941)，尤其是附录 C("培尔"部分)，页 325－338。同时参见 G. Paganini 的调查，《休谟与培尔：地方关联与非物质的灵魂精神》(Hume et Bayle: Conjonction locale et immatérialité de l'âme)，收入 *De l'Humanisme aux Lumières: Bayle et le protestantisme, Mélanges en l'honneur d'Elisabeth Labrousse* (Oxford，1996)，页 701－713。

③ 培尔，《历史与批判辞典》，前揭，"皮洛"词条，注释 B，4：654。

秘方面的无能为力。① 但是,也可以从一个完全不同的视角来理解这段话:基督教神学,通过给希腊罗马怀疑主义传统添油加料,使得这个传统影响更深远,思想更激进。如果我的判断没有错,休谟在他《人性论》涉及道德义务的这部分中间接地提出了这个观点:"我应该进一步观察到,"休谟写道,"既然每一项新的允诺都在允诺的人身上增加一项新的道德约束,既然这项新义务出自他自身的意志;这是可能想见的最神秘不可理解的活动之一,甚至可以比为基督的变体,或者基督教职胜任仪式。后者中,某种形式的话,加上某种形式的目的,完全改变了一个外在物事的性质,甚至是一个人的性质。"

休谟立即强调他这项突然的比较有着局限性。他不仅不是在提议说道德约束与天主教圣礼圣事具有共同的源头,而且他强调的是完全相反的观点:"然而,虽然这些神秘的事情迄今为止相像,非常值得注意的是,它们在其他具体方面完全地不同,这不同可以认为是它们本源不同的强有力证据。因为允诺的道德约束是一项为着社会利益的发明,这约束可随那利益的要求扭曲成不同的形式,甚至与它外在的物事发生直接的矛盾,而不是忽略了那外在的。"

休谟解释说,在天主教圣礼圣事中,社会目的的缺乏使其按照内在的逻辑运转:"但是正如那些其他荒谬的教义仅仅是教士们的无中生有,视野中没有公众利益,它们在发展中也较少为新产生的障碍扰乱。必须承认,自那第一次的荒谬之后,它们更直接地遵循理性与感知的潮流。神学家们清楚地意识到,话语外在的形式只是声音,需要

---

① 比如参见,培尔《历史与批判辞典》,前揭,"解释二:为什么我先前所说有关摩尼教徒的反对意见应该值得考虑。"

一个目的使它们具备有效性。"①

以基督教神学来作观念试验专用的领域:这正是培尔的态度,比如前面提到的两名修道院院长之间的对话所表明的。具有哲学头脑的那位修道院院长轻而易举地证明说,基督教的神秘处——比如基督变体的天主教原则或者三位一体原则——更容易受到怀疑论者的抨击:

> 不言自明地,与第三者无不同的,彼此亦无不同,这是我们所有理性的基础,我们所有的演绎方法建立在这样的基础上:然而,三位一体圣事的启示让我们相信,这是条假的原则……不言自明地,原子、自然性与个人[原文为拉丁文 *individuum, nature, and person*,——译者注]之间并无不同:然而,同样的圣事使我们信服,个人繁殖增加,原子与自然性永不停止为相同的一……不言自明地,单个的人体不可能同一时间在若干不同地方,它的头部不能被穿透,头部的各个骨头关节不可能处于一个支点之下:然而,圣餐的仪式教导我们,这两种事情每天都发生,以此来说,你我都不能肯定我们是否与别人不同,或者此刻我们是否在君士坦丁堡的宫殿里、在加拿大、日本以及世界每一座城市中,每一处地理情形又处于若干不同情形下。②

65

---

① D. Hume,《人性论》(*A Treatise of Human Nature*)(London,1739),ed. L. A. Selby-Biggle (Oxford,1955),3,2,5,页 524—525。有关"圣餐",同时参见 Carabelli,《论休谟》(*On Hume*),页 17。

② 培尔,《历史与批判辞典》,"皮洛"词目,注释 B,4:654。关于这两个修道院院长对话的一篇分析,非常缺少历史分析,竟然忽略了休谟对培尔的分析:T. M. Lennon,《作为波普尔前驱的培尔》(Bayle's Anticipation of Popper),收入 *Journal of the History of Ideas* (1997),页 695—705。

9

让我们回到《项迪传》。斯特恩在一段最自我反思的沉思冥想中,又一次将培尔三位一体基督教原则基础上建立起来的观念试验转换成虚构性质的措辞:

> 上一章中,就至少它帮助我走过欧塞尔而言,我在两种不同的行程里同时向前走,用的是同样匆忙的笔触——因为我在这个行程中已完全走出我正在写的欧塞尔,而我以后要写的那个行程中,我才在走出欧塞尔的半途中——每件事情里都只有一定程度的完美;我通过将其推到那程度之外,让自己处于这样的情形中,即以前没有任何走过我这样道路的人;因为我此刻正与父亲和叔叔托比经过欧塞尔的市场,在我们归来晚餐的路上——我此刻也正进入里昂,而我的那辆驿车碎成千片——而且,我此刻也处于一座气派的凉亭中,由普林哲罗建造,位于加仑河畔。凉亭是斯里尼亚克先生借给我的,这正是我狂热地讲所有这些事情的地方。
>
> ——让我打起精神,继续我的旅程。①

我们想到休谟那著名的对自我的定义:"不为其他,只是一束或一定数量不同知觉的集合,这些知觉一个接着一个,速度之快,不可

---

① 斯特恩《项迪传》,前揭,页 492,也为 R. Gorham-Davis 的文章《斯特恩与现代小说叙述》(Sterne and the Delineation of the Modern Novel),收入 *The Winged Skull: Papers from the Laurence Sterne Bicentenary Conference*, ed. A. H. Cash and J. M. Stedmond(London, 1971),页 21—41,尤其是页 32。

思议,并且在永不断的转变与运动中。"①可是,难道休谟不是在回应培尔吗? 我先前论证过,培尔按照三位一体的教条定义个人,在那基础上,他的悖论可能对休谟发展他对个人身份的批判起过重要作用。我甚至怀疑休谟那划时代的结论是不是模仿了培尔对待一些关键的基督教教义的方法,休谟那结论是"所有漂亮的、微妙的关于个人身份的问题也许永不能得到了断,只可被认作语法而非哲学上的难题"。② 培尔在他《辞典》中的条目"聂斯托里"下写道,关于基督人性与神性之间关系的辩论,已于 431 年的以弗所基督教宗教会议上尘埃落定,且也只是措辞的问题。培尔接着写道,西里勒斯谴责聂斯托里为异教徒,因为后者拒绝承认基督耶稣身上人性与神性位格的统一,这一可能反而使教会免除掉一些麻烦。"不需要其他的,只要彼此给双方所使用的词语一个公正的定义。"③

对这份抱怨的模仿可以在斯特恩小说的另一处听得到:

> 怎么样的一滩浑水,一团噪音,在关于本质与物质的会议上;在才子们的学校里关于权力与精神;——关于本质与典型;——关于物质,并关于空间。——怎么样的混乱,在那大一点儿的剧场里,从没多少意义的词,到并不确定的感官;——您考虑到这些,就不会为托比叔叔的困惑不解而惊讶,——您会为他的内壕、外壕掬一把同情之泪;——为他的斜堤及他的廊道;——他的三角堡与他的半月堡:这不是观念上的错,——天啊! 他生命被语词置于危险

---

① 休谟,《人性论》,前揭,I,4,6,页 252。
② 同上,页 262。
③ 培尔,《历史与批判辞典》,前揭,"聂斯托里"条目,注解 A,4:347。同时参见 Whelan 的《迷信的剖析》,前揭,页 31ff。

境地。①

　　然而叙述者也非常明白，使用简单一些的词并不足以阐明清楚
语词与现实之间错综复杂的关系。即使最单纯的问题也可能变得高
67　度棘手，就像那场法国代理主教与特里斯特姆之间绝妙的交谈：

　　　　我亲爱的朋友，我说道——正像可以确定我是我——你是
　　你——那么，你是谁？他说道。——别把我弄糊涂了，我说道。②

　　最后那句话有明显的休谟韵味在里面，正如已被注意到的。然
而我想知道，特里斯特姆的糊涂是不是也掩饰了一处暗指，对法国代
理主教问题的另一个虽然是被压制住的答案，一个会重复先前同义
反复——即"正像可以确定我是我"——的答案，即"我就是我是的"。
　　我不能证明这条是对圣经《出埃及记》第三章第十四节的假设性
暗指。然而我希望已经证明了，培尔和他神学上的关怀使两件事情
显得清楚，即《项迪传》中那说"我"的似非而是地分裂的人格，以及那
部小说奇特的结构。

---

　①　斯特恩，《项迪传》，前揭，页108。
　②　同上，页500；同时参见 Watt，《小说的兴起》，前揭，页291。

第四章

土斯塔拉与他的波兰读者
Tusitala and His Polish Reader

1

罗伯特·路易斯·斯蒂文森 1892 年春天开始使用一个萨摩亚词土斯塔拉来作笔名,意思接近于"说书人"①此前几个月,他的短篇故事"瓶魔"先是于 1891 年 2 月 8 日与 3 月 1 日之间发表在《纽约先驱报》上,后被翻译成萨摩亚文,发表在一本传教士杂志《萨摩亚之光》上。这是萨摩亚语言中的首例印刷文本。斯蒂文森曾与当地一名传教士 A. E. 克拉克斯顿一起斟酌译文。②

1892 年 12 月,在写给他老友及出版人西德尼·考尔文的信中,斯蒂文森写道,"瓶魔"应被视为他即将出版的文集《岛上夜间的娱乐》中的"中心篇幅":"你总觉得我看不上'瓶魔';我不知道你为什么这么想;我其实一直特别钟爱这篇——我最好的作品之一,难以匹敌。"③将这篇小故事重新引入大的语境中,有利于阐明斯蒂文森对"瓶魔"高度估价的可能原因。

---

① 《罗伯特·路易斯·斯蒂文森文集》(*The Works of Robert Louis Stevenson*),Swanston edition(London,1912)(下面提到时,标题省略为《文集》),18:414ff.;《写给青年人的信件》(*Letters to young people*):写给 B 小姐……(Vailima Plantation,Spring 1892),页 418,签名为"土斯塔拉(写故事的人)";接下来两封信签名为"土斯塔拉";同上,《写给青年人的信件》……,ed. B. A. Booth and E. Mehew(此后提到即省略为《信件》)(New Haven,1995),7:300 注解 2415;1892 年 5 月写给西德尼·考尔文,土著居民称他为"alii 土斯塔拉""主要的写作信息"。

② 《信件》,前揭,7:95,注解 2307。

③ 同上,7:461,注解 2514,写给西德尼·考尔文,12 月 28 日(?),1893,Vailima。

2

虽然"瓶魔"被广为阅读,这也是当之无愧的,然而开始讨论之前,讲讲它情节的梗概还是有道理的。夏威夷一名叫纪威的水手在 旧金山的街道上散步。他看到一幢美丽的房子,心里也想有一座那样漂亮的房子。一位面容悲伤的人,后来证明是那房子的主人,与纪威搭讪说话,马上告诉他说只要从他那里买下一个神奇的瓶子,他的愿望就可以实现。那人跟他说,瓶中住着一个小魔鬼,可以满足瓶子主人的任何愿望,只要不是想要长寿。魔瓶"只能以更低的价钱卖出",否则它肯定会回到那违反这规则的人那里。"如果那人死的时候还没卖出瓶子,他死后定然下地狱受烈火的煎熬。"很久以前,瓶子的价钱曾经极高;现在正以很便宜的价钱售出。

纪威犹豫了一阵子,掏出他所有的钱——五十美元——买了魔瓶。经历过一系列不可预见的情形,他成了夏威夷一幢漂亮房子的主人。他把瓶子处理掉,四十九美元卖给了一个朋友,幸幸福福地过了一段时间。后来他遇见一位叫科库娅的姑娘,与她坠入爱网;他想娶她,却发现自己得了麻风病。纪威为了恢复健康,想再获得那魔瓶。他去了火奴鲁鲁,循着那小魔鬼给出的礼物的踪迹,找到了瓶子最近的主人。然而,同时,瓶子的价钱降得很厉害,现在只值两美分了。纪威买了瓶子,回到夏威夷,娶了科库娅。但是,他的心是憔悴的,因为他知道他会受到地狱的诅咒。科库娅却愿意为之一搏:"你说的一美分这件事儿算什么?世界并不仅仅只有美国和美元。他们英格兰有货币单位叫作便士,合半美分!啊!忧伤,"她喊道,"那几乎于事无补,因为最后一名买主定是找不着的,找不到比我的纪威还勇敢的啦！可是，那么，还有法国：他们有一种小硬币，叫生丁，五生丁合一美分，或者大概是这样。我们没有更好的办法了。来，纪威，我们去那些法属岛屿；我们就搭下一艘船去塔希提岛。那里我们有

四生丁，三生丁，二生丁，一生丁；有四种出售的办法，我们两个还可以互相讨价还价。"

最后那句话奠定了故事情节的发展：他们找不到其他的买主，丈夫与妻子英勇地互相欺骗，通过两个中间人安排了几回交易，就为了将自己的爱人救出那将来会受到的地狱的煎熬。然而最后一个中间人——是名醉鬼——决定将那神奇的瓶子留为己有。他会在地狱中受烈火煎熬，而这对儿人会幸福地生活下去。

3

当"魔瓶"首次印刷在某星期天的《纽约先驱报》上时，有一条紧随其后的注释是这样来介绍的："任何研究那种很不文学性的作品，即本世纪早期的英语戏剧的，都会在这里认出那位可怕的 O. 史密斯使其非常流行的戏剧的名字和想法的根源。那想法的根源在那里，是相同的，然而我希望我将它弄成了一篇新的作品。这则故事曾经是为波利尼西亚岛的读者构思写成的，这项事实也许会使它在离家更近的地方有些额外的意义。"①

在准备出版他的书名为《岛上夜间的娱乐》的集子时，斯蒂文森曾请求西德尼·考尔文删去这条注释，而换上一个副标题："魔瓶：一

---

① 《罗伯特·路易斯·斯蒂文森文集》，前揭，17：274。

条来自陈旧通俗剧的线索。"考尔文压住那副标题不用,却保留了那条注释。① 一些最新的版本中,那条注释消失了。② 然而许久之前就有博学之士成功地识别出斯蒂文森故事的来源。最终,故事情节追溯到德国童话的两处主题:一处是"曼陀罗草"一个小矮人,从一位被处于绞刑的人的精子处诞生;另一处是那个只能以低价卖出的宝瓶。两处主题曾在格里美尔斯豪森 1670 年出版的《大胆妈妈》中结合起来,那书里也有在另一处寻找价值更低硬币的情节。③ 这个情节通过一系列的文学中介来到英格兰。有学者断定斯蒂文森提及的"陈旧通俗剧"是《瓶魔:一出通俗剧般感伤的两幕罗曼司》,作者是 R. B. 匹克,1828 年 7 月曾在皇家剧院,即英国皇家歌剧院上演;作品是根据演出过的舞台版本印刷出来的。我参照了十年之后发行的版本。④ 那戏剧中有若干有趣的角色,包括一名叫沙德拉克的犹太人,他戴着"修了边儿的红顶子犹太人大帽子,穿着褐色夹克衫、运动裤,还有黑色长袜。"其中的主角人物尼克拉在最后一场尖叫道:"我还能把你卖了,小魔鬼!"幕落下来时瓶魔不为所动,冷冷地答道:"不,你买我时

72

---

① 写给写给西德尼·考尔文,1892 年 12 月 3 日,《信件》7:436,注解 2496。

② 比如,参见 R. L. Stevenson,《瓶魔》,收入 *The Strange Case of Dr. Jekyll and Mr. Hyde and Other Stories*, ed. C. Harman (London,1996),页 225—250。

③ *Gimmelshausens Werke in vier Bänden* (Weimar, 1964): *Trutz Simplex: Oder ausführliche und wunderseltsame Lebensbeschreibung der Erzbetrügerin und Landstörzerin Couräsche ...*, 第 18 章, 3:84—90;参见 A. Ludwig: "Dahn, Fouqué, Stevenson," *Euphorion* 17 (1910): 613—624。

④ 见《全国上演戏剧》(*The Acting National Drama*)第 2 卷 ..., ed. B. Webster (London, 1838);参见 J. W. Beach,《斯蒂文森〈瓶魔〉的材料来源》(The Sources of Stevenson's *Bottle Imp*),收入 *Modern Language Notes* 25 (January 1910),页 12—18。B. F. Kirtley 收集了详尽的信息,参见他的文章《"瓶魔"情节的隐秘谱系》(The Devious Genealogy of the "Bottle-Imp" Plot),收入 *American Notes and Queries* 9 (January 1971),页 67—70。

的那块硬币已经是世界上最低价格了。"

斯蒂文森还提到曾扮演瓶魔的"那位可怕的 O. 史密斯",他实际上是指演员约翰·理查德·史密斯,死于 1855 年。[①] 那时斯蒂文森才五岁。据他同时代人描述,五岁的史密斯穿着"海绿色紧身衣,头上戴着犄角,有着恶魔般的脸部,从腕关节到屁股上搭着宽大的翅膀,随他任意起合"。[②] 斯蒂文森关于"瓶魔"印象的来源也许是童年的记忆。

过去数十年间,"那种很不文学性的作品,即本世纪早期的英语戏剧"最后自己成了文学史讨论研究的一部分。彼得·布鲁克斯在一本有名的著作中,探讨了法国通俗剧和"过度风格"对巴尔扎克与亨利·詹姆斯的影响。[③] 自身有意面向更普通观众的英语通俗剧,比如斯蒂文森的"瓶魔"一样,也可能会产生成熟的文学上的继承者。斯蒂文森声言将那"瓶魔想法的根源"改变成"一篇新的作品……为波利尼西亚岛的读者构思写成"。新的读者要求的转变并不怎么彻底,因为原来的故事是围绕着那位神奇的救助者讲述的:非常流行的——实际上,也是跨文化的——一个主题,我们是因为弗拉基米尔·普罗普那本伟大的书《故事形态学》而知道这样主题的连续性的。[④]

J. W. 毕赦在他讲"瓶魔"源头的一条脚注里,提到了卡佐特的

---

① 1883 年 4 月写给 W. E. Henley,《信件》,前揭,4:97 n. 1083,注解 4。

② 引用自 Beach 的《斯蒂文森〈瓶魔〉的材料来源》,前揭,页 13。

③ P. Brooks,《通俗剧式的想象力:巴尔扎克、亨利·詹姆斯、通俗剧,以及过度的模式》(*The Melodramatic Imagination: Balzac, Henry James, Melodrama, and the Mode of Excess*)(New Haven,1976)。

④ V. Propp,《民间故事的形态学》(*Morphology of the Folk-tale*)(Austin,1968)。参见 F. Moretti,《1800—1900 年间欧洲小说的地图》(*Atlas of the European Novel*, 1800—1900)(London,1999),页 109。

《瘸腿魔鬼》、巴尔扎克的《驴皮记》和一千零一夜里被拘禁的精灵，下
结论说"这并没有把我们带出多远"。① 相反，与巴尔扎克《驴皮记》相
比较似乎能帮助我们有趣地理解斯蒂文森这篇短故事。

4

《驴皮记》首次出版于 1831 年。那时候歌德已经是八十多岁了，
读到巴尔扎克的时候还是充满仰慕之情。当然，这样的反应也并非
没有对于自我怀旧性地陶醉，因为巴尔扎克的小说很清楚地是从他
的《浮士德》得到灵感和启发的。② 不过，《浮士德》中的魔鬼与谴责都
没有出现在《驴皮记》的情节中。故事的主人公拉斐尔·德·瓦朗坦
由一块驴皮获得无限的权力，要付出的代价却是他的生命，而非他的
灵魂。在法国，歌德的《浮士德》先是改编成一出哑剧，而后是一出通
俗剧；巴尔扎克对浮士德主题的转换与后者的精神是一致的，即超自
然因素为世俗的社会背景所限定的一个文学体裁。③ 这种与超自然
与社会类似的对比是巴尔扎克小说的一个主旋律。当拉斐尔遭遇那
位神秘的老人，即那张驴皮先前的主人时，叙述者评论说："这场景发
生在巴黎，在伏尔泰码头，19 世纪，在肯定不会发生魔幻的一个时间

---

① Beach，《斯蒂文森〈瓶魔〉的材料来源》，前揭，页 14，注解 10。
② G. Lukács，《马克思主义与文学批评》（*Il marxismo e la critica letteraria*）
（Turin，1964），页 395。
③ Brooks，《通俗剧式的想象力》，前揭，页 86。同时参见 A. Pieyre de Mandi-
argues 为巴尔扎克的《驴皮记》（*La Peau de chagrin*［Paris，1974］）写的序言，页
13；以及 Brooks，《通俗剧式的想象力》，前揭，页 14—15。

地点。"①

　　对伏尔泰房子的典故——"法国怀疑主义的圣徒咽最后一口气的地方"——紧接着就与当年时代的象征形成对比：拉斐尔因为"遭遇一种奇怪权力产生的不可名状的情感而不安，一种类似于拿破仑在世时我们都有的情感。"②后来，面对野驴皮神秘的萎缩症状，拉斐尔愤慨地喊道："什么！……在这样一个启蒙的世纪，我们知道了钻石只是碳结晶体，我们知道一切事情都有个解释，警察可以将一位新弥赛亚带到法庭，将他所宣称的奇迹提交给科学院，我们不会相信任何事情直到获得公证人的签名，在这样一个时代里，为什么我自己要相信类似圣经里面的胡言乱语？……让我们向科学家们请教。"③

　　然而即使是科学家们——动物学家、物理学家和化学家——对防止驴皮萎缩也无能为力。他们的失败有一层更大的象征意义。巴尔扎克在一封写给查尔斯·德·蒙塔朗贝尔的信中，写道，《驴皮记》是

---

　　①　H. de Balzac,《驴皮记》(*The Wild Ass's Skin*)，trans. H. J. Hunt (Harmondsworth，1977)，页 45。原文是这样的："Cette vision avait lieu dans Paris，sur le quai Voltaire，au dix-neuvième siècle，temps et lieux où la magie devait être impossible"(*La Peau de chagrin*，《人间喜剧》卷 10，Bibliothèque de la Pléiade［巴黎，1979］，页 79)。

　　②　"La maison où le dieu de l'incredulité française avait expire … agité par l'inexplicable presentiment de quelque pouvoir étrange … cette emotion était semblable à celle que nous avons tous éprouvée devant Napoléon"(*La Peau de chagrin*，页 79)。

　　③　同上，页 223。原文为"Quoi！ … Dans un siècle de lumières où nous avons appris que les diamants sont les cristaux du carbone，à une époque où tout s'explique，où la police traduirait un nouveau Messie devant les tribunaux et soumettrait ses miracles à l'Académie des Sciences，dans un temps où nous ne croyons plus qu'aux paraphes des notaires，je croirais，moi！ À une espèce de *Mané，Thekel，Pharès*? … Allons voir les savants"(*La Peau de chagrin*，页 237)。

"人生的公式，如果人们忽略掉所有的个性……只有神话和幻影"。①

整部小说从大概可以追溯到《项迪传》中特里姆下士的一个符号开始，巴尔扎克挑选这个符号作为题词，这样是为了表达"命运的弯曲波折"、"命运奇怪的上下起伏"，意在强调非理性力量对个人与社会的影响，这也是人间喜剧作为整体要表达的一个核心点。② "没有阿拉伯故事的资源，"巴尔扎克写道，"没有那些被埋葬的泰坦巨神们的帮助，怎么会有可能越过这样的一条线？在咆哮了半个世纪的时代风暴中，弄潮的是那些藏在社会第三层地下的巨神泰坦们。"③据巴尔扎克的理解，为了对现代社会中运作的各种力量提供一个足够的描述，人们必须选择"阿拉伯故事的资源"，利用像驴皮那样的"神话"和"幻影"。

众所周知，卡尔·马克思与弗里德里希·恩格斯是巴尔扎克伟大的仰慕者。据马克思的女婿保罗·拉法格回忆，马克思甚至计划写一篇有关巴尔扎克的文章。他一直在推迟这项工作，想要等到写完(事实上一直没写完)《资本论》。④ 有几处零星的篇章，马克思与恩格斯都赞扬巴尔扎克非凡的社会观察才能。然而，马克思也对巴尔扎克作品中不切实际的那一方面也有所批判。⑤《雾月革命》中一句

---

① 引自 J. DeBois King 的《巴尔扎克〈驴皮记〉中的附属性文本性》(*Paratextuality in Balzac's La Peau de Chagrin*)(Lewiston，N. Y.，1992)，页 21。

② Balzac，《人间喜剧》(*La Comédie humaine*) 10，页 1213 (introduction to *Etudes philosophiques*，1834，signed by Félix Davin and reworked by Balzac)。参见 F. Moretti，《奇迹的符号》(*Signs Taken for Wonders*，London，页 293，注解 10)："另外，'曲折的道路'与'直线的道路'这样的对立是巴尔扎克小说中主要范式之一。"

③ 引自 Brooks，《通俗剧式的想象力》，前揭，页 118。

④ 《卡尔·马克思：采访与回忆》(*Karl Marx: Interviews and Recollections*)，ed. D. McLellan (London，1981)，页 70。

⑤ 我引用的是波德莱尔的一句有名的评语("Théophile Gauthier," in *Oeuvres complete*，ed. Cl. Pichois, Bibliothèque de la Pléiade, 2 [Paris, 1976]，页 120)。

著名的话这样写道："所有这一代又一代人的传统梦魇一般地压在活着的这些人的神经上。"一位学者敏锐地注意到这是对巴尔扎克《恰伯特将军》中一段话的模仿："那社会和审判的世界梦魇一般地压在他的胸上。"①巴尔扎克那强大的驴皮比喻也许对马克思《资本论》的一章"商品的拜物教性质及其秘密"是有所贡献的。那一章强调的是商品神秘的一面，"充满形而上学的微妙和神学的怪诞"而且，从更广泛意义上来讲，是指资本主义社会中非理性因素的功能。②

5

斯蒂文森大概是没读过马克思，可他肯定读过巴尔扎克。二十出头时，史蒂文森曾给他的朋友查尔斯·巴克斯特寄过一份对巴尔扎克《都兰趣话》的模仿作品。③ 一位作家对另一位作家的戏仿总是有启发性的，正如马塞尔·普鲁斯特不同版本的《勒穆瓦纳事件》（显然是一项特殊的例子）所显示的。④ 斯蒂文森对巴尔扎克复杂的态度可以从1883年他写给表兄弟鲍勃·斯蒂文森的一封文采优美的信中看出来：

① S. Petrey,《表征的现实：马克思与巴尔扎克之间》(The Reality of Representation: Between Marx and Balzac),*Critical Inquiry* 14 (1988)：448－468。

② K. Marx《资本论》,trans. B. Fowkes (New York, 1977), 1：163－177。S. Weber, 是以完全不同的视角来处理这个话题的，见他的《解读巴尔扎克：阐释〈驴皮记〉》(*Unwrapping Balzac: A Reading of La Peau de Chagrin*)(Toronto,1979)。

③ 致 Charles Baxter, 爱丁堡, 1872 年 3 月 28 日,《信件》(New Haven,1994), 1：219ff. 注解 96。

④ M. Proust,*Pastiches et mélanges*(Paris, 1948),页 11－87。

若你再读一些巴尔扎克,我就一直在读,会让你的视野更清楚。他是一位永远没有发现自己方法的作家,是一位不善辞令的莎士比亚,被暴力而又虚弱的细节压制。对成熟一点儿的作家而言,他是多么拙劣,多么虚弱,多么不真实,多么沉闷乏味,而这一切又是那么令人震惊;自然,当他屈从于自己的气质时,又是那么完美和有力量。却永远不朴素明了。他不会赞同沉闷乏味,而成了沉闷乏味的样子。他不会留下什么不去描述,而因此在万众的哭喊与无数不和谐的细节中让人什么也见不到。上帝啊,艺术只有一种,那就是省略的艺术。啊,如果我知道如何省略,就不会要求其他知识。知道如何省略的人会由一页日报报纸中写出一部部的《伊利亚特》来。①

约瑟夫·托马齐·迪·兰佩杜萨,即《豹》的作者,曾给他的朋友们送发他写的关于法国和英国文学的随意性的讲稿;这些讲稿他死后结集出版。② 兰佩杜萨半开玩笑地提到一项他特别喜欢的对立,是在"胖"与"瘦"作家之间(以文体的意义上)。在巴尔扎克与斯蒂文森这个例子上,这个对立既是文体意义上的,也是身体意义上的。巴尔扎克那奢侈的大量的细节描写教会了斯蒂文如何"省略"而因此让后者发现自己的文学身份。我来举两个斯蒂文森省略艺术的例子,这两个例子都是"瓶魔"中的。主人公纪威,将瓶子卖给他的朋友娄帕卡之前,说:

---

① 1883 年 9 月 30 日,《信件》(*Letters*)(New Haven,1994),4:168—169,注解1148。

② F. Orlando, *Ricordo di Lampedusa*(Turin,1996),页 45—47。

"我自己有一处好奇——所以,出来吧,瓶魔先生,我们看一眼你。"

话音刚落地,瓶魔从瓶子中往外张望,而又立即退进去,行动快得像一条蜥蜴;纪威和娄帕卡坐在那里,目瞪口呆。夜晚已大半降临,俩人既不知要说什么,也不知如何说起;而后,娄帕卡付了钱,拿走了瓶子。

77　　另一个例子发生在后来。纪威收到瓶魔的礼物,也就是他那幢美丽的房子。他很幸福;他请他那位中国仆人给他准备一下洗澡水:

于是中国佬受了命令,他必须起来,点燃炉灶;他在下面锅炉旁工作,听到主人在上面有灯照亮的房间里唱歌、快乐。水开始热了,中国佬喊他的主人;纪威走进浴室;中国佬听着他唱,将大理石的水池充满水;听他唱着,然后当他脱衣服时歌声断了;然后突然,歌声停了。中国佬努力地听啊听;他喊过屋子,问纪威是否一切都好,纪威说"是的"吩咐他去睡觉;然而那明亮的房子里不再有歌声;整整一晚上中国佬都听到他主人的脚在阳台上面走来走去,没停下来过。

两段话都写得很漂亮,虽然在第二篇中爱挑剔的读者也许会希望多出一处省略。那句"当他脱衣服时"引起视觉上面的联想,破坏了此处描述严谨的听觉视角(如果我能这么说的话)的统一性。而且,此处瑕疵不幸被下一句话里同样的字词彰显了:"现在,事实是这样的:当他脱衣服洗澡时,发现皮肤上有一块儿,像是石头上的一块儿青苔，也就是那时他不再唱了。因为他知道那块儿的样子，知道他为中国的恶魔所击中"，也就是麻风病。①

我们能够轻而易举地想到，瓶魔和主人公发现得了麻风病，这两件事情分别会在巴尔扎克的小说中引起什么样的感情表达。然而，因为斯蒂文森文学上的戒律是克制，他将巴尔扎克放肆的风格作为对自己的挑战。"瓶魔"与《驴皮记》拥有一个共同的出发点——即，那位神奇的救助者——但它们的布景与情节完全不同。我会论证说，斯蒂文森的想象力是由巴尔扎克小说中一段具体的篇章触发，即那神秘的老人将驴皮给拉斐尔时："然后他这样说道：'不让你去乞讨，不让你羞愧脸红，不给你法国生丁，黎凡特帕拉，德国海勒，俄国戈比，苏格兰法寻，单个的古罗马塞斯特帖姆或者古希腊的小银币或者新世界的皮阿斯特，不给你任何金的、银的、纸币，也没有信用证，然而我会使你比国王都富有、都有权、都受人尊敬——且是在一个君主立宪的政体里。'"②

这份逐项递增的单子——这是巴尔扎克特别喜欢的技巧——意思是那神秘老人不是在要钱，连世界上最低面额的硬币都不要。但是提到德国海勒和苏格兰法寻一定会使斯蒂文森想起瓶魔的故事。其中一个版本发表在《北欧各国通俗故事与传奇》中，主人公花了一个海勒买那个瓶子。之后，"现在对他来讲最关键的事，是寻遍各地，去找比一海勒面值还要低的硬币"；他因此被冠以"疯狂的半海勒"的绰号。③ 在收录进《德国小说家》文集中同一故事的另一版本"曼陀

78

---

① 斯蒂文森，《瓶魔》，前揭，页 232，页 235—236。

② Balzac，《驴皮记》，页 48。

③ 《北欧各国通俗故事与传奇》(*Popular Tales and Romances of the Northern Nations*)(London，1823)，页 107。

罗"中，主人公理查德最后终于成功地以一个"贱法寻"将瓶魔卖出。[①] 斯蒂文森在他自己重述这个故事时，提到了法寻，也提到了生丁，却省去了浮士德的主题，而事实上后者在瓶魔各种不同的版本中都明显地存在，包括"那位可怕的 O. 史密斯"扮演角色的那个版本。相反，斯蒂文森强调的是这样的观念，即那件神奇物件必须得沿着一条金钱的——虽然是非赢利的——线路得以交换，这线路在海上以宽大的距离展开：从旧金山，到夏威夷群岛，到塔希提。

6

79　　　斯蒂文森的"瓶魔"是 1891 年首次印刷出版的。二十五年后，往西几千英里之外，布罗尼斯拉夫·马林诺夫斯基开始了他在特洛布里安群岛的田野调查。马林诺夫斯基生于波兰，在英格兰居住，还是奥匈帝国的臣民。他的这段生活无论对他自己还是对他帮助转变的人类学学科都意义重大。也几乎可以通过一副双透镜逐日查看他的田野调查，虽然会有些长时间段的间断，也就是通过读他的日记，和他与那时的未婚妻即后来的妻子埃尔西·梅森的通信。[②] 前项材料来源许多层面上都很有争议性。马林诺夫斯基的日记发表于 1967

　　① T. Roscoe，《德国小说家》（*The German Novelists*），translated from the originals，n. d.，页 294－310。

　　② B. Malinowski，《一本严肃意义上的日记》（*A Diary in the Strict Sense of the Term*），trans. N. Guterman（Stanford，1989）；《一场婚姻的故事：布罗尼斯拉夫·马林诺夫斯基和埃尔西·梅森书信集》（*The Story of a Marriage: The Letters of Bronislaw Malinowski and Elsie Masson*），ed. H. Wayne，两卷本（London，1995）。

年,编者起的书名是《一本严肃意义上的日记》,之前是从来没计划公开出版的。马林诺夫斯基对特洛布里安群岛当地人流露出露骨的种族主义态度,对此大部分评论者都很震惊和失望。一位评论者 I. M. 刘易斯有些惊奇地注意到,在日记中"对田野资料和工作技巧方面几乎没有多少理论化……时不时地有一些观察到的高度压缩的、简要的理论和方法论上的观点,然而这些一般情况下都是意义模糊,不容易明白,更不用说作者去评价了"。[①] 我的探索研究就是集中在这些意义模糊的篇章里。

日记覆盖了马林诺夫斯基田野调查的两个不同阶段:第一个是 1914 年 9 月到 1915 年 8 月间,在梅鲁岛上;第二个阶段 1917 年 10 月末到 1918 年 7 月中,先是在萨马赖岛,后是特洛布里安群岛。只有一处几行长的日志与他首次去特洛布里安群岛的旅程相关。

两个阶段日记的写作口气明显不同。第一阶段充满了对风光景色的抒情描写,马林诺夫斯基生动地表达出各种不同的情感,从性的欲望到形而上的思考。马林诺夫斯基在 1914 年 3 月 4 日(他那时正进入三十岁)的条目下,写下了下面的评语——那时他在梅鲁岛海上旅行,他的第一次田野调查经历行将结束:"该为这趟旅行做个总结。实际上,那奇特的景象让我充满非创造性的快感。我四处张望,每一处都在我内心回应,像在倾听音乐。而且,我对未来充满计划——海是蓝的,包容一切,与天际融为一体。山峦粉红色的轮廓不时地在雾中呈现,像蓝色海洋里现实的幻影,像某种年轻有创造力的精神力量要实现的观念。"[②]

① I. M. Lewis,《人类》(*Man*), n. s., 3(1968):348—349。

② B. Malinowski,《一本严肃意义上的日记》,前揭,页 98。

这是一位年轻人的声音，处于他生活幻影的边缘（因为多种原因，提及康拉德就不可避免）。第二阶段的日记中，风景描绘更简洁；语调也常常是事实性的；那些"要实现的观念"现在很集中了，那"年轻有创造力的精神力量"也有了一个确切的方向。马林诺夫斯基现在一心一意地着手进行他的民族学志计划，后者明确为一个主题：库拉制度。马林诺夫斯基在一篇发表于 1920 年 7 月份《人类》杂志上的初步研究的文章中，将库拉定义为一种特殊的贸易制度。这种制度在一块巨大的地理区域上展开，他称之为"库拉环形带"以"两件具有高度价值、却无实用的物件……手臂上的贝壳……以及红贝壳圆环形的项链"等为交换基础，涉及到一系列高度复杂的礼仪。① 《库拉：南部海洋上事业与冒险的故事》，这就是马林诺夫斯基想到的题目之一，最终于 1922 年成为《西太平洋上的航海者》。②

在马林诺夫斯基之前，库拉制度在人类学文献中鲜有人提及。③ 关于他何时意识到自己发现的重要性，这一点并不清楚。④ 马林诺夫

① B. Malinowski,《库拉：南太平洋上事业与冒险的故事》(Kula：A Tale of Native Enterprise and Adventure in the South Seas)，收入 *Man* 20（July 1920）：页 97—105。

② R. J. Thornton,《"想象你自己安居下来……"马赫、弗雷泽、康拉德、马林诺夫斯基以及人种学之中想象力的作用》('Imagine yourself set down … :' Mach, Frazer, Conrad, Malinowski and the Role of Imagination in Ethnography)，收入 *Anthropology Today* 1, no. 5（1985）：7—14,尤其是页 11。

③ 库拉这种制度为 Rev. Gilmoure 提到过，虽然他那时候并没有直接提到这个名字。那是在 1904—1905 年的大英帝国新几内亚年度报告里面：参见 Malinowski,《西太平洋上的航海者》(*Argonauts of the Western Pacific*)(1922; reprint, New York, 1961)，页 500 n。

④ 参见 R. Firth 编选的《人与文化：布罗尼斯拉夫·马林诺夫斯基工作评价》(*Man and Culture: An Evaluation of the Work of Bronislaw Malinowski*)(London, 1957)，尤其是 R. Firth 的文章《经济人类学历史中马林诺夫斯基的位置》(*The Place of Malinowski in the History of Economic Anthropology*,页 209—227); J. P. Singh Uberoi,《库拉经济圈的政治：对布罗尼斯拉夫·马林诺夫斯基 （转下页）

斯基在书中回忆说，他第一次目睹一宗库拉交易是在 1915 年的 2 月，那时候他在回澳大利亚的途中，他第一次去新几内亚考察要结束了。① 那时候，他并没意识到所进行的是什么事情。马林诺夫斯基在特洛布里安群岛的一整年期间，即 1915 年 5 月到 1916 年 5 月，收集了关于库拉的材料，差点儿就写一篇关于它的文章。然而一封 1917 年 11 月 10 日从萨马赖岛写给埃尔西的信中，他流露出情绪低落的语气，好像还在寻找一种方法来从理论上把握它："我想那篇库拉文章写不成了，直到我回去……而且，写关于库拉的事情好像那么荒谬，因为每一个走在肮脏的拉瓦拉瓦街道上的黑鬼都比我知道得多！"②

在这一点上马林诺夫斯基后来完全改变了主意。来看一下《西太平洋上的航海者》中这段雄辩的文字，读起来像是一篇理论性的宣言：

81

（接上页注④）发现的分析》(*Politics of the Kula Ring: An Analysis of the Findings of Bronislaw Malinowski*)(Manchester, 1962)；《马林诺夫斯基的人种学：特洛布里安群岛 1915 — 1918》(*The Ethnography of Malinowski: The Trobriand Islands* 1915—1918)，ed. M. W. Young (London, 1979)；J. W. Leach and E. R. Leach, eds., *The Kula: New Perspectives on Massim Exchange* (Cambridge, 1983)；《两个世界中间的马林诺夫斯基：人类学传统的波兰根源》(*Malinowski Between Two Worlds: The Polish Roots of an Anthropological Tradition*)，ed. R. Ellen, E. Gellner, G. Kubica, and J. Mucha (Cambridge，1988)；以及《布罗尼斯拉夫·马林诺夫斯基早期文章》(*The Early Writings of Bronislaw Malinowski*, Cambridge, 1993)，ed. R. J. Thornton and P. Skalník，这本书里面有篇详细的引言。

①　Malinowski，《西太平洋上的航海者》(*Argonauts of the Western Pacific*)，页 477。

②　《一场婚姻的故事》，前揭，1：48。参见同一本书的 1：61,63，这两处描述马林诺夫斯基如何在萨马赖岛以及附近的萨里巴（Sariba）岛收集关于库拉制度的证据。

库拉就是这样极其巨大和复杂的一项制度，无论是在地理范围上，还是在组成事务的多样性上……然而，必须记得，看起来广泛、复杂而井井有条的一项制度是许多活动与事务经营的结果，是那些野蛮人管理着，而他们并没有明确地制定法律、目的或者宪章。他们对社会结构的总体轮廓并没有任何知识……即便是最聪明的土著人对库拉这项巨大的、有组织的社会建构也没有多少清楚的认识，对于库拉社会学上的功能和意义知道的就更少了。如果你问他库拉是什么，他可能给出几个细节来回答，很可能是他个人的经历和关于库拉的主观看法，然而完全不会接近我在这里所给出的定义……因为那整体的图景在他头脑中不存在；他是嵌在那图景中，因此不能从外部看到全部画面。

　　将观察到的细节整体化，将各种不同的、相关的现象进行社会学意义上的综合，这就是民族志学者的任务。首先，他必须认识到，某些活动，初看起来也许支离破碎，并无相互关系，然而具有一个意义……民族志学者必须**构建**那大的社会结构图景，正如同物理学家从试验数据中构建他的理论，而试验数据在每个人的范围之内，却需要一项系统的解释。①

这些评论实际上与习惯上的类型化不一致。根据类型化的描述，马林诺夫斯基是一名敏锐的观察者和资料收集者，他以严谨的功能主义理论来塑造材料。看起来，写日记这项经历帮助他认识到理论在理解分散的材料以及将它们转换成有意义的事实中的作用。1917 年 11 月 13 日，马林诺夫斯基在他的日记中这样写道：

82

---

　　①　Malinowski，《西太平洋上的航海者》，页 83—84。

想法：写回顾性的日记意味着许多反思：一篇日记是多个事件的一个"历史"那些事件观察者完全知情，然而写一篇日记需要深刻的知识与完整的训练；从理论视角的转变；写作中的经历导致完全不同的结果，即使观察者是同一位——不要说存在不同的观察者！因此，我们不能谈及客观存在的事实：理论创造事实。因此，没有作为独立科学的"历史"这样的事情。历史是遵循一定的理论对事实的观察；当时间产生事实时，将这项理论运用于事实中。[1]

这段话让我们不仅想到马林诺夫斯基年轻时候写的关于尼采和马赫的文章，而且更一般意义上还让我们想到波兰的知识传统。这个传统首先是以路德威格·弗勒克对托马斯·库恩的迟来的影响而闻名。前者关于瓦塞尔曼氏反应法的书《科学事实的起源与发展》比后者的《科学革命的结构》晚出版了二十五年。弗勒克那本书的名字自身已经很有意义。[2] "理论创造事实"；民族志学者必须构建库拉，"正如同物理学家从试验数据中构建他的理论"马林诺夫斯基分别在日记和书里这样写道。他是如何成功地构建了一种理论，将那些他收集到的关于库拉的分散的材料置于一个有意义的结构中呢？

7

1917 年 10 月 26 日，埃尔西·梅森写信给她的未婚夫："我应该

---

① Malinowski，《一场婚姻的故事》，前揭，页 114。
② L. Fleck，《科学事实的起源与发展》(*Genesis and Development of a Scientific Fact*)(1935；reprint，Chicago，1979)。

给你寄斯蒂文森的书信集让你看一眼。他那种类型的思考也许会让

你觉得孩子气，但是我觉得你定然会喜欢他的个性。他一点儿都不
古板，那么真切，许多方面是虚弱的，可是又那么讨人喜欢，而且你对
他与体弱多病的斗争也一定会有兴趣。"①

　　两个月后，12月中旬，马林诺夫斯基收到斯蒂文森的书信集，那
一定是《维里玛书信集》，是西德尼·考尔文编辑的。埃尔西对她未
婚夫反应的猜测并没有差到哪儿去。1917年12月23日，马林诺夫
斯基给她写信：

　　　　我读了许多斯蒂文森的信。你说得对。我很被它们打动，至
　　少是部分地。斯蒂文森在健康与工作方面对自我的兴趣，哎呀，真
　　该死地像我的情况，我禁不住找到一些我自己几乎会说的地
　　方……有时候 R. L. S. 的自我中心让我觉得太斯拉夫人太女性
　　化。然而我恐怕我自己的书信也一定会显示同样的调子。有一
　　处，他称颂自己的忍耐，耐心的英雄主义，后者体现在他坚持与疾
　　病斗争，体现在虽然有疾病、抑郁和其他不顺事的力量，他仍尽力
　　工作。我自己也常觉如此，事实上，若我在这不名誉的争斗中不觉
　　得这种英雄主义的调子，当所剩下的斗争武器只是注射器……庸
　　俗小报和药水儿的时候，就不可能再继续进行下去……也许存在
　　自发的品德和创造力舒缓的流淌，来自超丰裕的力量。但雄心勃
　　勃、天资聪颖之人的悲剧情形一样值得敬重。他有他无价的负担

①　《一场婚姻的故事》，前揭，1:37。以及，几天之后（1917年11月2日）的另
一封信中写道："布列欧（Bronio），你难道不认为一次航海经历该是令人愉快的？你
知道罗伯特·路易斯·斯蒂文森常常乘坐破船在南海的岛屿中间徜徉，同时完成他
的写作，虽然身体健康受影响，仍然写了许多的冒险故事"（页40）。

承载,到一定的时刻撂下去,他缺少坚强的体格完成重负。我恐怕这一定会导致他对自我敏感的兴趣,对自我的意识到极致,欣赏每一项成就,强调那成就感并告知他所有的朋友们……在这里,泻湖的岸边,椰子树下,读S描述萨摩亚、火奴鲁鲁,描述怎样强烈而充满自我意识地欣赏新生活里异国情调的新鲜陌生,又与文明伦敦的文学环境比较,而这书信集的编者考尔文生活在伦敦,这些很有趣。我也敏感地、自我意识强烈地感到这对比与奇异。①

马林诺夫斯基此处强烈的自我认同,与他的一句现已著名的评语相比有些相形见拙。那句话是在他几年后写给布伦达·塞里格曼的一封信中:"W. H. R. 里弗斯[体质人类学家——译者注]是人类学中的憔悴骑士;我应该是康拉德。"马林诺夫斯基很明显地对康拉德的工作印象深刻,虽然在日记中他写道他"带着厌恶的感情"读完了《特务》。② 然而,个人层面上,由于健康问题(及他对健康问题的强迫症),他更亲近于斯蒂文森的自我中心:一种悖论性的"太斯拉夫人太女性化"所强调的亲近。马林诺夫斯基从斯蒂文森的《维里玛书信集》中,发现了自己情形的镜像:一位高度文明之人遭遇那"新生活里

----

① 《一场婚姻的故事》,前揭,1:37。以及,几天之后(1917 年 11 月 2 日)的另一封信中写道:"布列欧(Bronio),你难道不认为一次航海经历应该是令人愉快的? 你知道罗伯特·路易斯·斯蒂文森常常乘坐破船在南海的岛屿中间徜徉,同时完成他的写作,虽然身体健康受影响,仍然写了许多的冒险故事",1:75—76。

② 马林诺夫斯基,《一本严肃意义上的日记》,前揭,页 199。《一场婚姻的故事》,前揭,1:11O,Oburaku,1918 年 2 月 13 日:"在古萨维塔(Gusaweta),我读到约瑟夫·康拉德写的《特务》(The Secret Agent),觉得不仅是一部低劣的作品,里面还有些令人憎恶的东西。"《黑暗的心》(Heart of Darkness),M. W. Young 最近写道,是"马林诺夫斯基自己的日记里写到的一个严肃话题"(《马林诺夫斯基的基里维纳群岛 [Kiriwina]:1915—1918 年间的田野调查照片》[Malinowski's Kiriwina: Fieldwork Photography, 1915—1918, Chicago, 1998],页 13)。

异国情调的新鲜陌生"。对这种生活的阅读,比如斯蒂文森以大量人类学志细节的描述方式,写的对食物礼品仪式性的思考,肯定深深地激起了马林诺夫斯基的兴趣,而他当时正在努力寻找特洛布里安群岛上礼物功能的意义。马林诺夫斯基在翻《维里玛书信集》的书页时,也许会碰巧看到那封信,信中斯蒂文森告诉考尔文"瓶魔"的萨摩亚文即将出版。① 马林诺夫斯基是否已经知道斯蒂文森那篇短小的故事?若还不知道,他是否会试着满足自己的好奇心,这好奇心可能是被一篇为许多萨摩亚读者"带着惊奇与愉悦的心情"读过的小故事所激发?

这些问题并不荒谬,因为马林诺夫斯基,作为一名异乎寻常地贪婪的读者,曾从墨尔本买了相当数量的书,他的书籍收藏也偶尔为生活在特洛布里安群岛上他的熟人们所补充。在他日记所包含的时间段里,马林诺夫斯基读过马基雅维利和《黄金传奇》、拉辛和吉卜林、乔治·梅瑞狄斯与维克多·雨果,等等,还有一些他带着极大负疚感吞食的垃圾小说(他日记中不断提到一些淫荡的思绪以及这些小说作为他绝对该节制的诱惑)。② 马林诺夫斯基若重新阅读"瓶魔"或者回忆起它的情节,就会遇到一个虚构的表现,这表现集中在金钱的然而非盈利的交换中,与一些明确的具有象征意味的约束条件有关联,那些约束条件使得具有高度价值的一个物件可以在汪洋大海上一连

85

---

① 《维里玛书信集:罗伯特·路易斯·斯蒂文森与西德尼·考尔文之间的通信,1890 年 11 月至 1894 年 10 月》(*Vailima Letters: Being a Correspondence Addressed by Robert Louis Stevenson to Sydney Colvin, November* 1890-*October* 1894)(New York,1896),1:112。

② 马林诺夫斯基,《一本严肃意义上的日记》,前揭,页 109—110,"淫荡的思绪…… 以及,对将来的思绪:埃尔西·梅森是我的未婚妻,而且,她,非任何其他人,为我而存在;我必须不能再读小说了,除非生病或者极度抑郁的状态下。"

串的岛屿中间流通。没有必要去强调这虚构的表现与民族志学者库拉制度全球意象之间的相似性,后者已经非常不同于这贸易制度中土著演员们所认同的理解。斯蒂文森的短篇故事给马林诺夫斯基的自然不是他发现的实际内容,而是理解它的理论能力,通过想象力的飞跃、作为一个整体、作为一个格式塔,去构建它的能力,正像他后来写的:"正如同物理学家从试验数据中构建他的理论。"

我没有证据表明马林诺夫斯基读过"瓶魔。"然而 1917 年 12 月 21 日,斯蒂文森书信集到达五天后,马林诺夫斯基在日记中写下了这样的记载:

> 四点左右醒来很累。我想到斯蒂文森书信中他谈及的针对疾病与疲惫的英雄主义斗争⋯⋯一整天都渴望文明。我想到了墨尔本的朋友们。晚上在小船上,愉快的野心勃勃的想法:我定然是一位"著名的波兰学者",这将是我最后的民族学恶作剧。从此之后,我会致力于建设性的社会学:方法论,政治经济学,等等,而且我在波兰比在其他地方更能实现我的雄心。——强烈的对比,我梦想中文明的生活和我与野蛮人的生活。我决心根除目前生活中的懒散因素。不读小说,除非必要。**尽量不要忘记创造性的想法**。

（页 160—161）

86

这段话中让我印象深刻的,并非马林诺夫斯基关于作为学者得到承认的幻想(他以前对这个有过梦想)①,而是对开始浮现的"创造

---

① 　同上,页 128,1917 年 11 月 23 日,马林诺夫斯基跟列欧纳德·莫雷说道:"关于我工作的重要性⋯⋯我尽力自律,记住我时刻想着永恒,而注意到这样的工作人员只能是让我的工作庸俗化。"

性的想法"的暗指,这在他日记中前无先例。几个月之后,这些想法显然采用了更明确的形式。在一条1918年3月6日的记载中,马林诺夫斯基问自己,他的假想是否影响了他民族志材料的收集。有意思的是,这个问题他以前从未提到过:"新的理论点。(1)对一项特定的仪式的定义,那仪式是由黑人们自发形成的。(2)被主要的问题所激发而达成的定义。(3)由对具体材料的阐释而达成的定义"(页217)。

几星期之后,有了突破性的进展。再之后,4月20日,马林诺夫斯基回顾性地提到它,谈及"在努阿加斯的兴奋之情,那时帷幕已被揭开"。① 3月25日的记载传达了那事件的直接性:"12:30归来——努阿加斯正在离开——我甚至都不能为他们拍照。累。躺倒——闭上了眼,此刻有天启:精神上的纯净。"接着是一段引号中的话,斜体印刷。根据《日记》的编者兼译者诺伯特·古特曼定下的规则,应该是一种不同于波兰语的语言写的,也许是英文:"温和地留意观察别人的灵魂,然而不要陷入其中。如果他们是纯洁的,那么他们反映了世界上永恒的美,那么为什么要看那镜中的图景而如果你能面对面地观看那物本身? 或者他们充满了乱蓬蓬的小阴谋,而关于那些最好是一无所知。"②

这段我无法确认为哪天的浅显的引文,使得马林诺夫斯基那"天启"中的宗教涵义浮现出来,那些涵义隐含在柏拉图(那永恒的美)与圣保罗(《圣经·哥林多前书》第十三章十二节)的混合中。

87　　　　这条日记记录接着讲述马林诺夫斯基如何取他的小船,绕着那处海角划。正是在那个时刻,我们在《航海者》中读到,马林诺夫斯基

---

① 同上,页244,1918年4月5日:"库拉留下的印象(再一次地,是一种人类学家的幸福感)。"

② 同上,页234。参见 N. Guterman 写的序言,页 xxi。

理解了围绕着库拉的仪式的力量："傍晚，一天劳累之后，满月的夜晚，我划着小船，划了很长时间。虽然在特洛布里安群岛上我曾经叙述过那第一休息的风俗，然而还是吃了一惊，绕行那岩石的一角时，遇到古码斯啦一群土著民，他们早晨出发，行在库拉贸易的路上，此时坐在圆圆的月亮下的海滩上，离他们十个小时前离开从而踏上征途的村庄只有几英里。"①

而同一时间日记的叙述更难懂也更情绪化："于是我绕着那海角划，月亮躲在带状的云里……明显的感觉，这实际的海，每天都不一样，布满云、雨和风，像颗时刻变化的灵魂，这海之外布满情绪——那之外是一片绝对的海，多少正确地在地图上标记过，而又存在于所有地图之外，于所有可供观察的现实之外——柏拉图式观念的情感根源"（页234—235）。

厄内斯特·盖尔纳在一篇有名的文章中将马林诺夫斯基称为"来自克拉科夫的芝诺"。② 在这篇关键性的文章（使我惊奇的是，好像被所有的阐释者都忽略了）的基础上，我反而愿称他为"克拉科夫的柏拉图"。这正是马林诺夫斯基仔细掩藏的一个方面。③ 那重要的一个夜晚，马林诺夫斯基看到的是超越于现实的：柏拉图式观念下的库拉，对"世界上永恒的美"的一个反射。

---

① Malinowski，《西太平洋上的航海者》，前揭，页211—212。

② E. Gellner，《"克拉科夫的芝诺"或者说"内米的革命"或者"波兰的报复：三幕剧的一出戏"》（'Zeno of Cracow' or，'Revolution at Nemi'；or，'The Polish Revenge：A Drama in Three Acts'），收入《两个世界中间的马林诺夫斯基：人类学传统的波兰根源》，ed. R. Ellen et al（Cambridge，1988），页164—194。

③ 抱有最接近这个观点的学者是 A. K. Paluch，《马林诺夫斯基思想中的波兰背景》（The Polish Background to Malinowski's Work），收入 Man，n.s.，16（1981）：276—285。但是也可同时查看马林诺夫斯基写给埃尔西·梅森的信中有些有趣的暗示（《一场婚姻的故事》，1；59，65，121—122）。

"突然,"马林诺夫斯基在日记中写道,"我跌回到我也与之联系的真实的环境中。而后,又突然地,他们[土著民们]停止以他们内心的现实存在,我看他们是不协调的然而艺术的和野蛮的,外来的=非真实的,难以明了,浮在现实的层面上,像一幅多彩的画面浮于一面坚实却单调的墙上。"①一件完全虚构的作品,比如斯蒂文森的"瓶魔"也许提供了通向这面"坚实却单调的墙"的入口。②

88　　值得提醒的是,埃德蒙·利奇,在马林诺夫斯基六十年后重新评价库拉贸易制度时,拒绝了库拉环形带的概念,宣称说,既然它的存在超出了土著民演员们的认识理解,"它包含了很大部分的虚构"。利奇督促那些"美拉尼西亚岛屿的专家们"要"在马林诺夫斯基的意义上更加功能主义一些。不存在库拉贸易制度这样的事情"。③ 马林诺夫斯基,那位伪装了起来的柏拉图主义者,也许会不同意。

8

马林诺夫斯基在他的《航海者》中写道,库拉贸易制度推翻了那

---

① 马林诺夫斯基,《一本严肃意义上的日记》,前揭,页235(斜体是原文中的)。

② P. Skalnik,《布罗尼斯拉夫·马林诺夫斯基和斯坦尼斯拉夫·维特吉维奇:文化概念中的科学与艺术》(Bronislaw Kasper Malinowski and Stanislaw Ignacy Witkiewicz: Science Versus Art in the Conceptualization of Culture),收入 *Fieldwork and Footnotes: Studies in the History of European Anthropology*, ed. H. F. Vermeulen and A. A. Alvarez Roldán (London, 1995),页129—142。P. Skalnik虽然对马林诺夫斯基存有贬抑的态度,却提出了一些重要的问题。

③ E. Leach,《库拉:另一种观点》(The Kula: An Alternative View),收入 *The Kula: New Perspectives on Massim Exchange*, ed. J. W. Leach and E. Leach (Cambridge, 1983),页529—538,尤其是页534,536。

时流行的关于原始人的预设，即认为他们是"理性人，只想满足他们最简单的需要，而且是按照最少劳动的经济原则来满足"（页 516）。另一个攻击对象是那"历史的物质主义概念化"（显然，马林诺夫斯基并不知道卡尔·马克思是同意他的）。然而，马林诺夫斯基发现的涵义远远超出了所谓的原始经济。这个理论迟来的继承者表明了这点，从马塞尔·莫斯的文章"礼物"到卡尔·波兰尼的《大转变》，到（比较迂回地）E. P. 汤姆逊论道德经济的文章。① 真正成问题的是现在还很流行的经济人概念。但是，正如斯蒂文森和马林诺夫斯基笔下的群岛提醒我们的，正如没人是一座岛屿，也没一座岛屿是一座孤单的岛屿。

---

① 参看 M. Mauss，《作品集》(*Oeuvres*)，ed. V. Karady (Paris，1968—1969)，《硬币观念的起源》(Les origins de la notion de monnaie)(1914)，2:106—112，114—115；《美拉尼西亚岛上冬季赠礼节的延伸》(L'extension du *potlatch* en Mélanesie)(1920)，3:29—34；《特拉斯契约的古代形式》(Une forme ancienne de contrat chez les Thraces)(1920，3:35—43)；《礼物的义务》(L'obligation à render les présents)(1923)，3:44—45；《礼物，礼物》(1924)3:46—51；《关于波希多尼的一个文本：自杀，以及重要的反对津贴》(Sur un texte de Posidonius：Le suicide，contre-prestation suprème)(1925)，3:52—57；以及《关于赠送礼物》(Essai sur le don)(1925)，收入 *Sociologie et Anthropologie* (Paris，1950)，页 145—279。

人名、著作名对照表

人名对照表

Abrams，M. H. M. H.　艾布拉姆斯

Addison　艾迪生

Ademus　阿蒂姆(据希腊语为"无国民"之意)

Agnes　艾格尼斯

Aire　艾尔河 (属于阿图瓦地区，现处法国北部)

Allen，P. S.　艾伦(伊拉斯谟书信集的编者)

Amaurotum　亚马乌罗提(用希腊语成分杜撰，意指"晦暗的"或"不清楚的"，依稀模糊，不必确有这样的城，也可能同时映射多雾的伦敦城)

Ambrose　安布罗斯

Amyot，Jacques　雅克·阿米欧

Anemolius　阿尼摩利乌斯

Anapestiques　(诗韵的)抑扬扬格

Antilles　安地列斯群岛

Antoine　安托万

Antwerp　安特卫普

Anydrus　阿尼德罗(希腊语成分杜撰，意为"无水的，""无水的"河即不存在的河)

Apennine　亚平宁山脉

Arcesilaus　阿凯西劳斯(怀疑论哲学家)

Archimedes　阿基米德

Ariodanto　阿里奥丹托

Ariosto　阿里奥斯托

Aristotle　亚里士多德

Arminius　阿尔米尼乌斯

Arras　阿拉斯（地名）

Ascham，Roger　罗杰·阿卡姆

Atticus　阿提库斯

Auerbach，Eric　埃里克·奥尔巴哈

Auxerre　欧塞尔（地名）

Bacon　培根

Ballad Theory　歌谣理论

Balzac　巴尔扎克

Bandello　邦代罗

Bartolus　巴托鲁

Basel　巴塞尔（地名）

Bauduin，François　弗朗索瓦·鲍德恩

Baxter，Charles　查尔斯·巴克斯特

Bayle，Pierre　皮埃尔·培尔

Beach，J. W.　J. W. 毕敕

Bede　比德

Benevento　贝内维托（意大利地名）

Boccaccio　薄伽丘

Bracton　布拉克顿

Braudel，Fernand　费尔南·布罗代尔

Bridget，Mrs.　布丽姬特夫人

Brilliant，Richard　理查德·布理昂特

Brooks，Peter　彼得·布鲁克斯

Bruno，Giordano Nolano 乔达诺·诺拉诺·布鲁诺

Bude，Guillaume　纪尧姆·布代

Burton　伯顿

Busleyden，Jerome　杰罗姆·斯莱登（荷兰北部人文主义的主要人物）

Calvin，John　约翰·加尔文

Calvinism　加尔文教义

Calvus，Carolus　卡罗鲁斯·卡尔邬斯

Campion，Thomas　托马斯·坎皮恩

Carthusian　天主教加尔都西会教士

Cave，Terence　特伦斯·卡佛

Cazotte　卡佐特

Castiglione　卡斯蒂格利翁

Catholicism　天主教

Cervantes　塞万提斯

Claxton，A. E.　A. E. 克拉克斯顿

Colvin Sydney　西德尼·考尔文

Contini，Gianfranco　吉安弗朗科·孔蒂尼

Chaldee　迦勒底人（纪元前的巴比伦王国）

Chapelain，Jean　让·夏普兰

Charlemagne　查理曼大帝

Chartres　沙特尔（法国北部城市，位于巴黎西南）

Chaucer　乔叟

Christus，Petrus　彼得·赫里斯特斯

Cicero　西塞罗

Compagnon，Antoine　安东尼·孔巴尼翁

Corporal Trim　特里姆下士

Corpus Christi　基督圣体节

Cracow　克拉科夫（马林诺夫斯基在波兰的出生地）

Cronus　克罗诺斯

Cronosolon　克罗诺索伦

Cyrillus　西里勒斯

Daniel，Samuel　塞缪尔·丹尼尔

Della Casa，Giovanni　乔瓦尼·德拉·卡萨

De la Casse，John　约翰·德·拉·卡斯

Descartes　笛卡尔

Diderot　狄德罗

d'Illiers，rené　热内·德里俄

Diogenes the Cynic　犬儒主义者第欧根尼

Dionisotti，Carlo　卡洛·迪奥尼索蒂

Doherty F.　F. 多尔蒂

Dornavius，Caspar　卡斯帕·多纳维邬斯

Durotelmus，Aldelmus　阿尔德姆斯·杜罗特姆斯

Eginhardus　艾因哈德

Ekphrasis　艺格敷词（希腊文中之意为："说出、告知或充分地描述。"）

Engels，Friedrich　弗里德里希·恩格斯

Ephesus　以弗所（地名）

Epicurus　伊壁鸠鲁

Erasmus　伊拉斯谟

Etruscan　伊特鲁里亚人

Euripides　欧里庇得斯

Fever，Le　勒·费厄

Figliucci，Felice　菲利斯·菲柳琪

Flanders　佛兰德斯

Fleck，Ludwik　路德威格·弗勒克

Florio，John　约翰·弗洛里欧

Foxe，Richard　理查德·佛克斯

Friulian　弗留利语

Galgenmännlein　曼陀罗草

Garat，Dominique-Joseph　多米尼克—约瑟夫·盖拉特

Garonne，the　加仑河（位于法国西南部）

Geller，Ernest　厄内斯特·盖尔纳

Gellius，Aulus　奥卢斯·格利乌斯

Genette，Gerard　热拉尔·热奈特

Gilbert，Sam　塞姆·吉尔伯特

Giles，Peter　彼得·贾尔斯

Giunta，Filippo　菲利普·杰安拓

Gombrich，Ernst　恩斯特·贡布里希

Gothes　歌德

Goths，the　哥特人（古日耳曼人的一支）

Greenblatt，Stephen　斯提芬·格林布拉特

Grimmelshausen　格里美尔斯豪森

Gumasila　古码斯啦

Guterman，Norbert　诺伯特·古特曼

Hexter，J. H.　J. H. 海克斯特

Histoire des mentalités　心态史

Hogarth　霍迦斯

Holbein, Hans　汉斯·赫尔拜因

Homer　荷马

Honolulu　火奴鲁鲁

Hopkins, Gerald Manley　杰拉德·曼利·霍普金斯

Horace　贺拉斯

Howard, Sir George　乔治·霍华德爵士

Hugo, Victor　维克多·雨果

Hugobald the Monk　於果鲍德修道士

Hume, David　大卫·休谟

Hunnes　汉内斯

Hythlodaeus, Raphael　拉斐尔·希斯拉德（Hythlodaeus 用希腊语构成，意为"空谈的见闻家"）

Jakobson Roman　罗曼·雅各布森

James, Henry　亨利·詹姆斯

Jenevra　热内邬拉

Justinian　贾斯蒂尼安

Keawe　纪威

Kent, William　威廉·肯特

Kipling　吉卜林

Kokua　科库娅

Kuhn, Thomas　托马斯·库恩

Labrousse, Elisabeth　伊丽莎白·拉布鲁斯

Lady Baussiere　鲍西艾尔女士

Lafargue, Paul　保罗·拉法格

Lamb　兰姆

Lampedusa, giuseppe tomasi di　约瑟夫·托马齐·迪·兰佩杜萨

Lavalava　拉瓦拉瓦

Leach, Edmund　埃德蒙·利奇

Le Fever　勒·费厄

Lewis, C. S.　C.S. 刘易斯

Lewis, I. M.　I. M. 刘易斯

Livy　李维

Logan, G. M.　G. M. 罗根

Ovid　奥维德

Oviedo　奥维耶多

Painter，William　威廉·品特

Paludanus，Johannes　约翰尼斯·帕卢达努斯

Panofsky　潘诺夫斯基

Paratexte　附属性文本

Peake，R. B.　R. B. 匹克

Perizonius　佩里佐尼乌斯

Petrarch　彼特拉克

Petrie，Graham　格雷厄姆·皮特里

Philostratus　菲洛斯特拉托斯

Pirckheimer，Willibald　威利巴尔德·皮尔克海默

Plato　柏拉图

Pliny the Younger　小普林尼

Plutarch　普鲁塔克

Poissy　普瓦西（位于巴黎郊区）

Polany，Karl　卡尔·波兰尼

Polynesian　波利尼西亚人

Popkin，Richard　理查德·伯普金

Prendergast，Christopher　克里斯托夫·普任德葛斯特

Pringello　普林哲罗

Propp，Vladimir　弗拉基米尔·普罗普

Proust，Marcel　马塞尔·普鲁斯特

Puttenham，George　乔治·帕特纳姆

Pyrrho　皮洛

Quai Voltaire，the　伏尔泰码头

de Quiroga，Vasco　瓦斯科·德·基罗加

Rabelais　拉伯雷

Racine　拉辛

Reichard　理查德

Rubenius，Albertus　阿尔伯特·鲁宾尼邬斯

Reuchlin　瑞赫琳

reynmann，leonhard　里欧纳德·瑞曼

Rhenanus Beatus　比亚图斯·雷纳努斯

Rivers，W. H. R.　W. H. R. 里弗斯

Robert　罗伯特

Rothschild，Emma　埃玛·罗斯查尔德

Rubenius，Albertus　阿尔伯特·鲁宾尼邬斯

Sachville，Richard　理查德·沙克韦尔

Samai　萨马赖岛

Samoa　萨摩亚

Samosata　萨莫萨塔

Santa Fe　圣菲

Saturn　萨特恩(古罗马农神)

Saturnalia　农神节

Scandella，Domenico　多梅尼科·斯堪德拉

Schoeck，R. J.　R. J. 萧珂

Scotus　司各特

Seligman，Brenda　布伦达·塞里格曼

Sen，Amartya　阿马蒂亚·森

Shakespeare　莎士比亚

Shadrack　沙德拉克

Sidney，Sir Philip　菲利普·锡德尼爵士

Siena　锡耶纳

Skinner，Quentin　昆汀·斯金纳

Mons. Sligniac　斯里尼亚克先生

Smith，Norman Kemp　诺曼·坎普·史密斯

Smith O.　O. 史密斯

Smith，Richard John　约翰·理查德·史密斯

Socrates　苏格拉底

Samosata　萨莫萨塔(地名)

Sommona-Codom　索蒙娜—科德姆(暹罗语中对释迦牟尼的称呼)

Sorbière，Samuel　塞缪尔·索尔比耶

Spitzer，Leo　列奥·斯皮泽

Starobinski，Jean　让·斯塔罗宾斯基

Sterne，Laurence　劳伦斯·斯特恩

Stevenson，Bob　鲍勃·斯蒂文森

Stevenson，Robert Louis　罗伯特·路易斯·斯蒂文森

Suard，Jean-Baptiste-Antoine　让—巴普缇斯特—安托万·胥阿尔

Tacitus　塔西佗

Tahiti　塔希提

Tedeschi，John　约翰·戴斯奇

Thompson，C. R.　C. R. 汤姆逊

Thompson，E. P.　E. P. 汤姆逊

Toby　托比

Toxaris　托克撒里斯

Traugott，J.　J. 特劳格特

Tribracques　（诗韵的）三短音节音步

Trobriand islands　特洛布里安群岛

Trochies　（诗韵的）扬抑格

Trompe l'oeil　（立体感强而逼真的）错视画法

Tusitala　土斯塔拉

Vailima　维里玛（斯蒂文森在萨摩亚住宅的名字）

Valentin，Raphaël de　拉斐尔·德·瓦朗坦

Vandales，the　汪达尔人（古日耳曼民族的一支）

Victor，Shklovsky　维克多·什克洛夫斯基

Vossius，Gerhard　格哈德·沃西乌斯（坎特伯雷大主教）

Warburg，Aby　阿比·瓦尔堡（德国著名艺术史家）

Warham，William　威廉·瓦哈姆

Warwicke　沃里克（英格兰中部城市）

Wassermann reaction，the　瓦塞尔曼氏反应法

Watt，Ian　伊安·瓦特

Webbe，William　威廉·韦布

Widow Wadman　韦德曼寡妇

Yeates，Frances　弗朗西斯·耶茨

Yorick　约里克

Zeno of Elea　埃里亚的芝诺

de Zumárraga，Juan　胡安·迪·祖玛拉嘉

著作名对照表

Ad Atticum 《致阿提库斯》

L'affaire Lemoine 《勒穆瓦纳事件》

Argonauts of the Western Pacific 《西太平洋上的航海者》

Ambassadors 《大使们》

Anatomy of Melancholy 《忧郁的剖析》

Annales 《编年史》

Apology for Poetry 《诗辩》

The Arte of English Poesie 《英语诗学》

Artis Historicae Penus 《历史艺术材料》

"The Bottle Imp" "瓶魔"

The Bottle Imp：A Melo-dramatic Romance in Two Acts 《瓶魔：一出情
    节感伤的两幕罗曼司》

Brutus 《布鲁图》

Capital 《资本论》

Capitolo del forno "炉灶篇"

Carmina 《布兰诗歌》

"Clues" "线索"

Codex Mendoza 《门多萨书》

Colonel Chabert 《恰伯特将军》

Contes Drolatiques 《都兰趣话》

Coriolanus 《大将军寇流兰》

La Critique de l'Ecole des Femmes 《〈太太学堂〉的批评》

Defence of Ryme 《为韵文辩》

De gli heroici furoci 《论英雄般的狂热》

De institutione historiae universae et eius cum iurisprudentia coniunctione
    《普遍史的制度及其与法学的关联》

De la filosofia morale libri dieci, sopra li dieci libri de l'Ethica d'Aris-
    totile 《道德哲学十论，即亚里士多德伦理学十论》

De officiis 《论义务》

De re Vestiaria Veterum 《论衣着习俗》

Diable boiteux 《瘸腿魔鬼》

A Diary in the Strict Sense of the Term 《一本严肃意义上的日记》

Dictionnaire historique et critique 《历史与批判辞典》

Digestum 《法学汇纂》

Discourse of English Poetrie 《论述英语诗歌》

Don Quixote 《唐吉珂德》

Duchess of Amalfi 《阿玛菲的公爵夫人》

l'Ecole des Femmes 《太太学堂》

The Eighteenth Brumaire 《雾月革命》

Essay Concerning Human Understanding 《人类理智论》

Essays 《随笔集》

Faust 《浮士德》

Gattopardo，Il 《豹》

Genesis and Development of a Scientific Fact 《科学事实的起源与发展》

The German Novelists 《德国小说家》

Germania 《日耳曼尼亚志》

The Gift "礼物"

The Golden Legend 《黄金传奇》

"Grammatical Parallelism and Its Russian Facet" "语法并列性及其俄语层面"

Great Transformation 《大转变》

Historia general de las Indias 《印第安人通史》

The Historie of? Ariodanto and Jenevra

Il Galateo 《着装》

Iliad 《伊利亚特》

Imagine 《画记》

Island Bights' Entertainments 《岛上夜间的娱乐》

Kula：A Tale of Native Enterprise and Adventure in the South Seas 《库拉:南太平洋上事业与冒险的故事》

La cena de le Ceneri 《星期三的灰烬晚宴》

Lancelot 《朗斯洛》

L'histoire naturelle et generale des indes，isles et terre ferme de la grand mer oceane 《印第安的自然及通常历史:岛屿与被大洋环绕的陆地》

The Life and Opinions of Tristram Shandy 《项迪传》

Man 《人类》

索　引

Abrams, M. H., 37
Addison, Joseph, xii
Adorno, Theodor, xii–xiii
L'affaire Lemoine (Proust), 75
Alexander, seu pseudomantis (Erasmus), 12
Allen, P. S., 14
Ambassadors (Holbein), 20, 22
Ambrose, earl of Warwicke, 27
Amphitheatrum sapientiae socraticae jocoseriae (Dornavius), 17, 95n39
Amyot, Jacques, 31
Anatomy of Melancholy (Burton), 50
Annales (Tacitus), 32
Antoine, king of Navarre, 32
Apology for Poetry (Sidney), 30
Arabian Nights, 73, 75
Archimedes, 46
aréytos (songs as history), 30, 31, 33
Argonauts of the Western Pacific (Malinowski), 80–81, 87–88
Ariosto, Ludovico, 27, 29
Aristotle, 29, 60
Arte of English Poesie, The (Puttenham), 34, 35, 37, 40

Artis historicae penus, 31
Ascham, Roger: and classical tradition, 25–29; and *Inglesi italianati*, 26; and rhyme, 27–29; *The Scholemaster*, 25–26, 36
Atticus, 28
Auerbach, Erich, xiv

Bacon, Roger, 41
Balzac, Honoré de, 109n20; and Hume, 107n40; literary antecedents of, 73–75; and Marx, 75; *La Peau de Chagrin*, 72–74; and Stevenson, 75–78
Bandello, Matteo, 27
barbarians, 36; as *hostes*, 33, 34, 40, 42; "riming versicles" of, 34; songs of, 30–31, 32; vs. classical tradition, 29, 30, 33, 35, 87–88, 101n41
Bartolus, 41
Bauduin, François, 31–36, 42, 99n20
Baxter, Charles, 75
Bayle, Pierre, xiv; and Biblical infuence, 51, 53, 67; and Christian theology, 63–67; *Dictionnaire historique et critique*,

译　后　记

　　这本书，是由目前在北京大学法学院任教的章永乐老师介绍给我的。那时候他还在加州大学洛杉矶分校读政治学的博士，卡洛·金兹伯格是他当时的老师之一。所以，要先感谢他的引介。

　　2009 年夏天翻译的过程里面，有些地方拉丁文的翻译，请教过芝加哥大学社会思想委员会博士候选人林国华老师。要谢谢林老师的帮助。

　　全文的翻译是 2009 年夏天完成，2010 年春天经我自己校订了一遍。校订过程中译文曾获得曾毅、王蔚、宋一楠等友人的润色和修改，他们在我其他的事情中也给予了许多有益的帮助，很感谢。

　　同时，也感谢华东师范大学出版社编辑万骏和古冈的帮助和耐心。

　　错误在所难免，请读者指正批评。

文涛

2010 年夏天，纽约长岛

图书在版编目(CIP)数据

孤岛不孤：世界视野中的英国文学四论 /（美）金兹伯格著；文涛译.
－－上海：华东师范大学出版社,2014.5
　ISBN 978－7－5675－1886－5

Ⅰ.①孤… Ⅱ.①金…②文… Ⅲ.①英国文学－文学研究
Ⅳ.①I561.06

中国版本图书馆 CIP 数据核字(2014)第 051762 号

华东师范大学出版社六点分社

企划人　倪为国

孤岛不孤：世界视野中的英国文学四论

著　　者　（美）金兹伯格
译　　者　文　涛
责任编辑　古　冈
封面设计　蒋　浩
出版发行　华东师范大学出版社
社　　址　上海市中山北路 3663 号　　邮编　200062
网　　址　www.ecnupress.com.cn
电　　话　021－60821666　行政传真　021－62572105
客服电话　021－62865537
门市(邮购)电话　　021－62869887
地　　址　上海市中山北路 3663 号华东师范大学校内先锋路口
网　　店　http://hdsdcbs.tmall.com
印　刷　者　上海景条印刷有限公司
开　　本　890 ×1240　1/32
插　　页　1
印　　张　4.75
字　　数　76 千字
版　　次　2014 年 5 月第 1 版
印　　次　2014 年 5 月第 1 次
书　　号　ISBN 978－7－5675－1886－5/I · 1135
定　　价　28.80 元

出 版 人　朱杰人

（如发现本版图书有印订质量问题,请寄回本社客服中心调换或电话 021－62865537 联系）